KB063339

휴스턴, 휴스턴, 들리는가?

휴스턴, 휴스턴, 들리는가?

YA
06

제임스 팁트리 주니어 소설

이수현 옮김

HOUSTON, HOUSTON, DO YOU READ?

아작

로리머는 북적이는 선실을 둘러보며 말소리에 귀를 기울이려 노력하는 동시에, 내면에서 떠오르려고 움찔거리는 나쁜 기억을 무시하려 애썼다. 소용없었다. 오래전 그 순간을 고스란히 다시 경험했다. 에번스턴 중학교의 낯선 화장실에 무턱대고 달려 들어간 자신… 아니, 떠밀려 들어갔던가? 바지 앞섶을 열고, 거시기를 손에 쥐고… 색이 옅은 성기를 둘러싼 청바지의 회색 지퍼 테두리가 아직도 생생했다. 정적이 흘렀다. 끔찍하게 잘못된 기분이 드는 모습들. 돌아보는 얼굴들. 첫 번째로 터져 나온 웃음소리. 여자애들이었다. 여자 화장실이었다.

긴 세월이 지난 지금도 로리머는 움츠러들며 여자들의 얼굴을 외면했다. 머리 위로 둥그런 곡면을 그리는 선실은 이질적인 물건들로 그를 에워싸고 있었다. 구슬 장식 선반, 쌍둥이의 베틀, 앤디의 가죽 공예, 사방에 꿈틀거리는 망할 칡넝쿨, 암탉들. 아늑하기도 하지…. 로리머는 덫에 빠졌다. 좋아하지 않는 모든 것들에 돌이킬 수 없이, 평생토록 갇혀버리고 말았다. 체계도 구조도 없는 세계. 시시한 개인사. 의미 없는 접촉들. 결코 충족할 수 없는 요구들 속에…. 아내 지니가 말했었지. '당신은 도무지 나에게 말을 해주지 않아….' 사랑하는 지니. 로리머는 저도 모르게 아내를 생각해버렸다. 그래도 아픔은 찾아오지 않았다.

버나드 게어의 커다란 웃음소리가 생각을 방해했다. 버나드가 누군가와 농담을 하고 있었는데, 칸막이벽에 가려서 보이지 않았다. 선장은 보였다. 선실 저편에서 노먼 데이비스 선장은 작고 가무잡

잡한 여자를 향해 턱수염 기른 옆얼굴을 기울이고 있었다. 그 여자의 얼굴은 제대로 보이지 않았는데, 선장의 머리가 이상하게 작고 뾰족해 보였다. 사실은 선실 전체가 비현실적으로 보였다. '천장'에서 꼬꼬댁 소리가 터져 나왔다. 바구니에 든 당닭이었다.

그 순간 로리머는 자신이 약에 취했음을 확신했다.

신기하게도, 그런 생각에 화가 나지는 않았다. 로리머는 몸을 기울여서, 혹은 살짝 젖혀서 무중력 공간에 책상다리를 하고 앉아서는 이제까지 대화를 나누던 여자의 얼굴에 시선을 돌렸다. 코니, 정식 이름은 콘스탄시아 모렐로스. 넉넉한 녹색 파자마를 입은 키가 크고 얼굴이 둥근 여자였다. 로리머는 여자들과 이야기하기를 좋아한 적이 없었다. 얄궂은 일이었다.

로리머는 큰 소리로 말했다. "어떻게 보면, 어떤 의미에서 우리는 이곳에 없다고 볼 수도 있어요."

그다지 뜻이 명확한 말 같지는 않았지만, 코니

는 흥미롭다는 듯 고개를 끄덕였다. 로리머는 코니가 그의 반응을 지켜보고 있다고 생각했다. 여자들은 독을 푸는 데 타고났거든. 이 생각도 크게 말했나? 어쨌든 여자의 표정은 바뀌지 않았다. 다행히 눈 앞이 조금 맑아졌다. 코니의 피부가 참 곱고 건강해 보였다. 우주에서 2년을 보내고 나서도 건강한 올리브빛이었다. 로리머는 코니가 농부였다는 사실을 떠올렸다. 모공은 크지만, 그 나이의 여자라면 바로 연상되는 두껍게 분칠한 얼굴이 아니었다.

"당신은 화장을 해본 적이 없나 보군요." 로리머의 말에 코니는 어리둥절한 표정이었다. "얼굴에 분을 바르고 색칠을 하는 것 말입니다. 당신들 중에 아무도 안 했어요."

"아!" 코니가 웃음 짓자 깨진 앞니가 드러났다. "그렇지, 앤디는 해봤을 거예요."

"앤디가요?"

"연극 때문에요. 역사극요. 앤디는 연기를 잘해요."

"그렇겠지요. 역사극이라…."

로리머의 두뇌가 팽창하면서 빛을 들여보내는

것 같았다. 이제 이 모든 상황을 능동적으로 이해하고 있었다. 무수한 조각들이 서로 연결되어 패턴을 이루었다. 로리머는 그 치명적인 패턴들을 인식했다. 그러나 약물이 어떤 면에서는 그를 보호하고 있었다. 혈압을 올리지 않을 뿐이지 암페타민 도취 상태와 비슷했다. 그들이 사교적으로 이용하는 약물일지도? 아니다, 그들은 관찰하고 있기도 했다.

"우주 아가씨들이라니, 난 아직도 이해가 안 간다니까." 버나드가 전염력 있는 웃음소리를 냈다. 버나드는 사람들이 좋아하는 우호적이고 기분 좋은 목소리를 가졌다. 로리머는 2년이 지난 지금도 그 목소리를 좋아했다.

"여기 암탉들 집에 자식도 있을 거 아냐. 앤디 같은 녀석과 우주를 날아다니게 놔두다니 댁네 가족들은 무슨 생각이래?" 버나드가 쌍둥이 중 한쪽의 어깨에 팔을 두르고 로리머의 시야 안쪽으로 날아왔다. 로리머는 저 여자가 두 주디 중에 주디 패리스일 거라고 판단했다. 쌍둥이를 구별하기는 쉽지 않았다. 여자는 버나드의 큰 덩치에 비스듬히

매달려서 수동적으로 흘러다녔다. 하늘거리는 노란색 파자마를 입고 검은 머리채를 빛내는, 가슴은 불룩하지만 평범하게 생긴 여자였다. 붉은 머리 앤디가 그들 쪽으로 헤엄쳐 올라왔다. 커다란 녹색 스페이스볼을 쥔 앤디는 열여섯 살 정도로밖에 보이지 않았다.

"우리 친구 앤디." 버나드는 고개를 저었다. 숱 많은 검은색 콧수염 아래로 미소가 번득였다. "내가 네 나이였을 땐 말이지, 다들 자기네 여자가 나랑 돌아다니게 놔두질 않았어."

코니의 입술이 희미하게 구부러졌다. 로리머의 머릿속에서 조각들이 미끄러지듯 움직이며 패턴을 이루었다. 그리고 생각했다. 난 알아. 당신도 내가 안다는 걸 아나? 로리머의 머릿속은 한없이 넓고 수정처럼 투명했다. 정말이지 훌륭했다. 전보다 생각하기가 쉬웠다. 여자들… 머릿속에 옹골찬 일반화가 형성된 건 아니고, 관련 없는 것들의 행렬 위에서 말하는 얼굴 몇 개뿐이었다. 인간이었다, 물론. 생물학적으로는 필요했다. 다만 너무나, 너무나… 산란하다? 무의미하다? …누이 에이미의 천둥 같은 소프라노 음성이 떠올랐다. '당연히 여자들도 남자들만큼 기여할 수 있지. 동등하게 대우해주기만 한다면야! 너도 알게 될 거야!' 그러더니 누나는 그 머저리와 두 번째 결혼을 했지. 흠, 이제는 알겠다.

"칡넝쿨이라니." 로리머는 다시 큰 소리로 말했다. 코니가 웃었다. 어쩌면 다들 저렇게 웃는지.

"정말 멋지잖아!" 버나드가 희희낙락 말했다. "무중량 공간에서 영계들을 이렇게 줄줄이 보게 될 줄 생각이나 했어, 응, 선장? 예술적이야. 유후!" 선실 저편에서 데이비스 선장의 수염 난 얼굴이 버나드를 돌아보았다. 웃음기는 없었다.

"그리고 앤디가 그걸 다 독차지했다 이거지. 그러다가 키 안 큰다, 너." 버나드는 앤디의 팔을 쾌활하게 때렸고, 앤디는 칸막이벽까지 밀려갔다. 로리머는 그렇다고 버나드가 취했을 리는 없다고 생각했다. 이 과일주 정도로는 어림없었다. 그러나 평소에는 버나드도 저렇게까지 무대에 오른 텍사

11

스인처럼 말하지 않았다. 약물 탓일까.

"어이, 나쁜 뜻은 없어." 버나드는 앤디에게 진지하게 말하고 있었다. "진심이야. 혜태… 혜택받지 못한 이 형님을 용서하라고. 다들 좋은 사람들이야. 너 그거 알아?" 버나드가 여자에게 말했다. "당신 조금만 더 꾸미면 끝내줄 거야. 어이, 내가 가르쳐줄 수도 있어. 이 몸이 또 전문가거든. 내가 이런 말 해도 괜찮겠지? 사실은 지금 당신 엄청나."

버나드는 주디의 어깨를 끌어안고, 팔을 뻗어 앤디도 끌어안았다. 두 여자는 버나드의 손에 잡힌 채 위쪽으로 떠올랐다. 주디는 신이 나서 웃고 있었다. 예뻐 보이기까지 했다.

"가서 맛있는 걸 좀 더 먹자고." 버나드는 행사를 위해 녹색 잔가지와 자그마한 진짜 데이지 꽃으로 장식해둔 식탁 대용 선반으로 두 사람 모두를 몰아갔다.

"새해 복 많이 받으셔! 어이, 다들 새해 복 많이 받으라고!"

돌아보는 얼굴들, 따라오는 미소들. 로리머는

진짜 미소라고 생각했다. 그들은 정말로 새해를 기뻐하는지도 몰랐다. 시간이 무한히 많아서 모든 사건을, 모든 사건이 투명하게 암시하는 바를 생각할 수 있다는 느낌이 들었다. 꼭 반향실*이 된 느낌이었다. 관찰자가 되는 건 재미있는 일이지. 하지만 다른 사람들도 관찰하고 있어. 저들이 뭔가를 시작했어. 동료들은 알아차리고 있나? 이 허술한 배에 우리 셋과 그들 다섯이라니, 너무 취약해. 그들은 모르고 있어. 행동과 별개의 두려움이 로리머의 마음속에 도사렸다.

"신의 이름으로, 우리가 해냈어." 버나드가 낄낄거렸다. "우리 우주 영계들, 내가 너희에게 할 말이 있어. 너희를 칭찬하고 싶어. 진심이야. 너희가 아니었으면 우리도 여기 있지 못하겠지. 그거 알아? 방금 내가 군에 남기로 결정했을지도 모른다는 거 말이야. 당신네 우주 프로그램에 이 아저씨가 들어갈 자리도 있을까, 예쁜이?"

* 인공적으로 메아리 효과를 만들어내는 방

"그만해두게, 버나드." 데이비스 선장이 건너편 벽에서 조용히 말했다. "창조주의 이름을 그따위로 이용하는 건 듣고 싶지 않아." 무성한 밤색 턱수염이 원로 같은 무게감을 주었다. 데이비스 선장은 마흔여섯으로, 버나드와 로리머보다 열 살은 위였다. 게다가 여섯 번이나 성공적으로 임무를 수행한 베테랑이었다.

"아, 이거 미안하게 됐습니다, 우리 데이비스 소령님." 그러면서 버나드는 여자에게 친밀하게 낄낄거렸다. "우리 지휘관이시지. 엄청난 양반이야. 어이, 박사!" 버나드가 외쳤다. "자네는 좀 어때? 잘 돌아가?"

"건배." 로리머는 대꾸하는 자기 목소리를 들었다. 버나드에 대한 복잡한 감정들이 달빛 속에 솟아오르는 크라켄*처럼 수면 위로 떠올랐다. 로리머가 그들 모두에게, 일생을 같이한 모든 버나드와 데이비스들, 덩치 크고 굴복을 모르며 쾌활하

---

* 북극에 살고 있다고 여겨지는 상상 속 거대 괴수

14

고 유능하고 단련되고 머리가 빨리 돌지 않는 중배엽형* 사내들에게 품고 있는 감정 말이다. 아니 중외배엽형이라고 해야겠지. 우주인이 다 멍청이들은 아니니까…. 그들은 로리머를 좋아했다. 로리머가 그렇게 되도록 노력했다. 로리머를 선버드호에 태우고, 첫 번째 태양 왕복 비행의 공식 과학자로 임명할 만큼 좋아하게 만들었다. 그 쬐끄만 로리머 박사 말이지, 그놈은 괜찮아, 그 친구는 팀에 남겨. 로리머라면 다른 과학자 머저리들같이 형편없진 않지. 그 친구는 작지만, 몸도 괜찮고 진지하게 말도 제법 잘하지. 그리고 볼링, 배구, 테니스, 스키트 사격, 발목을 부러뜨렸던 스키, 쇄골을 부러뜨렸던 터치풋볼로 지샌 세월들이 있었다. 박사를 조심해, 교활한 친구야. 그러면서 로리머의 등을 때리고 로리머를 받아들인 덩치들. 그들의

---

* 1940년에 심리학자 윌리엄 셸든이 내놓은 체형이론을 가리킨다. 단순하게 정리하면 외배엽형은 마른 편으로 사교적이고, 중배엽형은 근육질로 활동적이고 자기주장이 강하며, 내배엽형은 비만이 되기 쉽고 내성적이라고 했다.

이름뿐인 과학자…. 문제는, 로리머가 이제는 과학자도 아니라는 점이었다. 박사후 과정에서 행운으로 건졌던 플라스마 연구를 우려먹을 뿐이었다. 로리머는 몇 년 동안 수학을 제대로 들여다보지도 않았고, 지금은 더 멀어졌다. 다른 관심사가 너무 많았고, 기본적인 것을 설명하는 데 너무 많은 시간을 보냈다. 난 반쪽짜리 사나이야. 30센티미터만 더 크고 40킬로그램만 더 무거우면 그들과 똑같겠지. 그들, 알파 수컷들. 그들도 물밑으로는 베타 수컷의 분노를 감지할지도 몰라. 선버드 호에서 지내는 동안 계속 그런 그림자를 드리운 농담들이 나오지 않았던가? 1년 내내 버나드와 데이비스 선장이 편먹고 게임을 주도했지. 나에게는 너무 빡빡하게 맞춰져 있던 그 망할 실내 자전거. 하지만 일부러 그런 건 아닐 거야. 우린 한 팀이었으니까.

앞섶이 벌어진 청바지의 기억이 다시 튀어나왔다. 고통스러운 마지막 부분이었다. 로리머가 비틀비틀 걸어 나오자 그를 기다리고 있던 히죽거리는 얼굴들. 시끄러운 웃음소리, 다리를 따라 떨어지던 오줌 방울. 침착해, 같이 웃는 척해. 이 멍청이들, 내가 너희에게 보여주겠어. '난 계집애가 아니야.'

버나드의 목소리가 울려 퍼졌다. 매끄러운 나사(NASA) 말투를 흉내 냈다. "아래에 있는 분들 모두에게도 신년 축하 인사드립니다! 어이, 우리 그놈들에게 신호를 보내는 건 어때? 당신들, 지구 것들 모두에게 인사하는 거지. 달나라 것들에게도 말이야. 지금 연도는 모르겠지만 새해 복 많이 받으라고." 버나드는 익살스럽게 코를 훌쩍였다. "산타클로스는 있다, 휴스턴, 너희는 이런 걸 한 번도 못 봤겠지! 휴스턴이 어디 있든 간에…" 버나드는 노래를 불렀다. "어이, 휴스턴! 들리나?"

정적 속에서 로리머는 버나드의 얼굴이 선버드호의 선장 노먼 데이비스 소령의 얼굴로 바뀌는 것을 보았다.

★

그리고 로리머는 아무 사전 예고도 없이 그곳, 1년 전에 태양 뒤에서 빠져나오던 선버드 호의 비좁고 불안한 사령선 안으로 돌아갔다. 기억이 너무나 생생하게 돌아오는 동안 로리머는 이 모든 일이 약물이 하는 짓이라고 생각했다. 멈춰. 로리머는 현실에 매달리려고 애썼다. 말썽이 벌어지겠다는 느낌이 드는 현실에….

그러나 그럴 수가 없었다. 로리머는 그곳에 있었다. 늘 그러듯 두 사람 사이에 앉기를 피하고 데이비스 선장과 버나드가 앉은 3인용 의자 뒤에 떠서, 쓸모없는 현창을 채운 암흑에 비치는 자신들의 얼굴을 곁눈질했다. 현창 외막이 천천히 식은 덕분에 이제는 스피카 성(星)일 게 분명한 밝은 얼룩을 알아볼 수 있었다. 스피카가 선장의 머리 부분을 통과하여 떠다니는 바람에 창에 비친 붕대가 어린아이의 왕관처럼 보였다.

데이비스 선장이 반복해서 외쳤다. "휴스턴, 휴

스턴, 여기는 선버드 호. 선버드 호가 휴스턴에게. 휴스턴, 들리는가? 응답 바란다, 휴스턴."

몇 분이 지나갔다. 그들은 신호가 가는 데 7분, 돌아오는 데 7분을 잡고 있었다. 1억2천5백만 킬로미터 거리를 어림잡아서.

"고성능 안테나 문제예요, 그래, 그렇다니까요." 버나드가 쾌활하게 말했다. 버나드는 거의 매일 그렇게 말했다.

"그럴 리가 없네." 데이비스 선장은 언제나처럼 참을성 있는 목소리로 말했다. "확인했어. 아직도 태양에서 나오는 전파가 많은 거야. 그렇지 않나, 박사?"

"태양 플레어*의 잔여 방사선이 우리와 거의 일직선이에요. 지구에서 우리 전파를 가려내기가 힘들 수도 있습니다." 이제까지 수없이 그랬듯이, 로리머는 데이비스 선장이 자기한테 의견을 구했다는 것만으로 고마움을 느끼면서 대답했다. 고작

* 태양의 채층이나 코로나 하층부에서 돌발적으로 다량의 에너지를 방출하는 현상

이런 일로 고마워 한다는 게 스스로도 이해가 안 갔다.

"젠장, 수성 외곽이라니. 월드시리즈 우승자를 어떻게 알아낸담?" 버나드가 고개를 저었다.

이것도 버나드가 자주 하는 말이었다. 이 영원한 밤의 세계에서 벌이는 의식이랄까. 로리머는 창에 비친 버나드의 곱슬곱슬한 구레나룻 옆으로 흘러가는 스피카의 광채를 바라보았다. 로리머 자신의 구레나룻은 금발의 푸만추*처럼 빈약하고 들쭉날쭉했다. 창문 뒤쪽 구석으로 타버린 좌현 에너지 집적판의 잔해임이 분명한 줄무늬 섬광이 보였다. 한 달 전에 그들을 때리고 그들의 창문 외막을 융해시킨 태양 폭발 때문에 벌어진 일이었다. 데이비스 선장이 계기반에 부딪혀 머리가 찢어진 것도 그때였다. 로리머는 중력파 실험 장치 한복판에 내동댕이쳐졌고, 아직도 그 장치의 기록내용을 믿지 않

* 영국 소설가 색스 로머가 만들어낸 가공의 인물로, 1세기 동안 다양한 영화, TV시리즈, 만화에 등장하여 사악한 천재 범죄자의 전형으로 자리 잡았다. 성긴 콧수염이 특징이다.

았다. 다행히도 입자의 흐름은 앞면 창 일부를 빠뜨리고 지나갔고, 덕분에 아직도 정면의 20퍼센트 정도는 깨끗하게 내다볼 수 있었다. 그 자리로 보이는 눈부신 플레이아데스 성단의 그물이 흐릿한 빛의 얼룩 속으로 흘러갔다.

12분… 13분. 스피커는 공허하게 딸깍거렸다. 14분. 아무 소리도 없었다.

"선버드 호가 휴스턴에게, 선버드 호가 휴스턴에게. 응답하라, 휴스턴. 선버드 아웃." 데이비스 선장은 마이크를 거치대에 다시 꽂았다. "24시간 더 기다리지."

그들은 의식을 치르듯이 기다렸다. 내일은 패커드가 응답할 것이다. 어쩌면.

"지구를 다시 보면 좋겠구만." 버나드가 말했다.

"비행 자세 교정에 연료를 더 쓸 수는 없어." 데이비스 선장이 상기시켰다. "난 박사의 계산을 믿네."

로리머는 그건 계산이 아니라 천체 역학의 기본 중의 기본이라고 생각했다. 10월에 지구가 있을 자리는 한 곳뿐이었다. 그러나 절대 그런 말을 하지는 않았다. 일단 위치만 알면 직감만으로 두 물체 상대운동 경로를 풀어서 조종할 수 있는 남자에게 할 말은 아니었다. 버나드는 뛰어난 조종사이자 더 뛰어난 기술자이며, 데이비스 선장은 말 그대로 최고였다. 로리머는 그 방면에 아무 자부심도 가지고 있지 않았다.

"주님께서 우리를 도와주신다네, 박사. 우리가 기회만 드린다면 말이야."

"레이더가 망가졌다면 개같이 힘든 도킹이 될 텐데." 버나드가 멍하니 말했다. 그들 모두 그 점에 대해 백 번은 생각했을 것이다. 몹시 어려운 작업이 될 것이고, 데이비스 선장이 맡을 것이다. 그래서 지금 연료를 축적하고 있는 것이었다.

똑딱똑딱 분초가 흘러갔다.

"이만하면 됐어." 데이비스 선장이 말하자마자 놀랍게도 목소리 하나가 선실을 가득 채웠다.

"주디?" 높고 맑은 목소리. 여자 목소리였다. "주디, 그쪽 위치를 확인해서 기뻐. 이 채널에서 뭘 하고 있는 거야?"

버나드는 숨을 몰아쉬었다. 얼어붙은 듯한 순간이 지나고 데이비스 선장이 마이크를 낚아챘다.

"선버드 호 듣고 있다. 선버드 호에서 휴스턴에게. 아, 선버드 1호가 휴스턴 지상 관제실에게 말한다. 신원을 밝혀라, 그쪽은 누군가? 우리 신호를 중계해줄 수 있나? 오버."

"웬 쓰레기야. 아마추어 무선통신인가." 버나드가 말했다.

"무슨 말썽이라도 생긴 거야, 주디?" 여자 목소리가 물었다. "잘 안 들려. 음질이 형편없네. 잠깐만 기다려봐."

"여기는 미합중국 우주선 선버드 1호, 우주선 선버드 호가 휴스턴 우주 센터로 보내는 통신이다. 당신들은 우리 채널에 끼어들었다. 신원을 밝혀라, 반복한다, 신원을 밝히고 휴스턴에 중계할 수 있는지 말하라. 오버."

"가만, 주디, 다시 말해봐." 여자가 말했다.

로리머는 불쑥 장거리 입자 밀도 계산기에 몸을 밀어붙이고 샤프트 모터를 활성화했다. 축이 윙

소리를 내며 진동했다. 운 좋게도 이 물건은 태양 플레어 도중에 우주선 안에 들어와 있었기에 녹아서 망가지지 않았다. 로리머는 탐지파를 최대 출력으로 높이고 대충 수동으로 스캔을 해보았다.

"당신들은 미합중국 우주선에서 휴스턴 관제소로 보내는 공식 통신망에 끼어들고 있다." 데이비스 선장이 힘을 실어서 말했다. "휴스턴에 중계할 수 없다면 송신을 중단하라. 당신들은 연방법을 위반하고 있다. 다시 말하라, 우리 신호를 휴스턴 우주 센터에 중계할 수 있는가? 오버."

"아직도 음질이 엉망인데, 휴스턴이 뭐지? 그나저나 얘기하는 사람은 누구야? 시간이 별로 없다는 걸 알 텐데." 여자의 목소리는 감미롭지만, 비음이 많이 섞였다.

"세상에, 가까워. 진짜 가까운 곳이야." 버나드가 말했다.

"잠깐 기다려보게." 데이비스 선장은 로리머가 임기응변으로 마련한 전파 영상을 돌아보았다.

"저기군요." 로리머는 불규칙한 왕관 모양으로

흩어져 나타나는 전파 기록 맨 끝에 나타난 작고 안정적인 꼭짓점을 가리켰다. 버나드도 목을 길게 빼고 보았다.

"국적 불명기야!"

"우리 말고 다른 누군가가 여기 나와 있군."

"여보세요, 여보세요? 이제 보인다. 왜 이렇게 멀리 나와 있지? 괜찮아? 플레어에 붙들린 거야?"

"조용히." 데이비스 선장이 경고했다. "박사, 현재 상태는?"

"어림짐작으로 30만 킬로미터가 넘는 거리입니다. 우리와 반대 방향으로 태양을 돌고 있을 가능성이 있습니다. 소비에트의 탐사 우주선일까요?"

"우릴 이기려고 나왔다 이거군. 실패했고."

"여자를 태우고요?" 버나드가 이의를 제기했다.

"놈들은 전에도 여자를 태운 적이 있어. 이거 녹음하고 있나, 버나드?"

"당연합죠." 버나드가 씩 웃었다. "아무래도 러시아 여자처럼 들리진 않던데요. 도대체 주디가 누구야?"

데이비스 선장은 잠시 생각하다가 마이크를 켰다. "나는 미합중국 우주선 선버드 1호를 지휘하는 노먼 데이비스 소령이다. 귀선이 시야에 잡힌다. 귀하의 신원을 밝힐 것을 요청했다. 반복한다, 귀하는 누구인가? 오버."

"주디, 농담은 그만해." 여자 목소리가 불평했다. "1분만 있으면 신호를 잃을 텐데, 우리가 널 걱정했다는 거 모르겠어?"

"선버드 호가 신원불명의 우주선에게. 이쪽은 주디가 아니다. 다시 말한다, 주디가 아니다. 당신은 누군가? 오버."

"무슨…." 여자가 말하다가 다른 목소리가 끼어드는 바람에 말을 멈추었다. "잠시만, 앤." 스피커에서 끽끽 소리가 났다. 그러더니 다른 목소리가 말했다.

"에스콘디타 호의 로나 베튠이다. 지금 이게 무슨 일이지?"

"지구로 향하는 미합중국 우주선 선버드 호를 지휘하는 데이비스 소령이다. 에스콘디타라는 우주선은 본 적이 없다. 신원을 확인해주겠나? 오버."

"방금 했어." 똑같이 비음이 섞인 느린 말투지만 더 나이 든 목소리였다. "선버드라는 우주선은 없고, 당신들은 지구로 향하고 있지도 않아. 이게 농담이라면 정말 형편없는 농담이야."

"이건 농담이 아니요, 부인!" 데이비스 선장이 폭발하고 말았다. "이건 태양을 도는 미국 우주비행선이고, 우리는 미국의 우주비행사요. 당신들의 통신 방해는 달갑지 않소. 통신 끝."

여자는 말을 시작했지만 요란한 잡음에 묻혀버렸다. 두 개의 목소리가 짧게 잡음을 통과했다. 로리머는 '선버드 프로그램'과 또 다른 말을 들었다고 생각했다. 버나드가 잡음 방지 회로를 작동시켰다. 그러자 방해음이 작게 줄어들었다.

"아, 데이비스 소령?" 전보다 희미한 목소리였다. "지구로 향하고 있다고 했나요?"

데이비스 선장은 스피커를 향해 얼굴을 찡그리고 무뚝뚝하게 대꾸했다. "맞소."

"흠, 그쪽 궤도는 이해가 가지 않는군요. 비행

지표가 굉장히 특이한데요. 우리 해석상 당신들의 현재 방향으로 가면 아무것도 만나지 못한다고 나오거든요. 1, 2분 있으면 신호를 잃을 거예요. 아, 지금 지구가 어느 쪽에 보이는지 말해줄래요? 좌표는 신경 쓰지 말고, 별자리만 말해줘요."

데이비스 선장은 멈칫하다가 마이크를 위로 치켜들었다. "로리머 박사?"

"지구의 현재 식별 위치는 물고기자리입니다." 로리머가 말했다. "P. 감마에서 약 3도요."

"그렇지 않아요. 지구가 처녀자리에 있는 게 안 보여요? 밖이 전혀 안 보이나요?"

로리머의 눈이 현창에 보이는 밝은 얼룩으로 향했다.

"근일점*에서 부딪친 방해물 때문에…."

"잠깐 기다리게." 데이비스 선장이 말을 가로막았다.

"…한쪽 창문에 손상을 입었습니다. 물론 우리

---

* 천체가 태양에 가장 가까워지는 위치

는 10월 19일에 지구의 상대 위치가 어디인지 알고 있어요."

"10월? 지금은 3월이에요. 3월 15일. 당신들 분명히…" 여자의 목소리가 날카로운 소리에 묻혀 사라졌다.

"전자기전선 방해 때문이야." 버나드가 수신기를 조정하면서 말했다. 그들 모두가 각기 다른 각도로 스피커에 몸을 기울이고 있었고, 로리머는 물구나무를 선 자세였다. 우주 잡음이 파도처럼 울부짖었다. 이상한 우주선은 태양 코로나 지평에 너무 가까워져 있었다. "…뒤에."라는 소리가 들리고 다시 윙윙거렸다. "주파수, 시도… 선… 가능하다면 신호를…." 더 이상 들리는 소리는 없었다.

로리머는 몸을 뒤로 밀어내면서 창에 비치는 섬광을 응시했다. 분명히 스피카여야 했다. 하지만 모양이 길었다. 스피카가 길어진 건가? 그 옆에 2차 점광원이라도 있단 말인가? 불가능했다. 속이 들끓었다. 그 여자들의 목소리가 머릿속에 울려 퍼졌다.

데이비스 선장이 말했다. "재생해보게. 휴스턴은 이걸 정말 듣고 싶어 할 거야."

그들은 주디를 부르던 젊은 여자의 목소리와 자기가 로나 베튠이라고 말하는 여자의 목소리에 다시 귀를 기울였다. 버나드가 손가락을 하나 들어올렸다. "저기 뒤에 남자 목소리가 들리네요." 로리머는 아까 들었다고 생각한 단어들에 열심히 귀를 기울였다. 녹음이 끝났다.

"패커드가 이 내용을 받을 때까지 기다려보지." 데이비스 선장이 팔을 문질렀다. "놈들이 하위한테 친 장난 기억나나? 하위를 구조했다고 속인 거 말이야."

"우리가 자기네 주파수를 유지하길 원하는 것 같구먼요." 버나드가 히죽 웃었다. "분명히 우리가 머…얼리 사라졌다고 생각하겠지. 허, 그 다른 배까지 나타나면 여기가 꽤나 붐비겠는데 그래요."

"나타난다면 말이지. 그 부분은 음성 경고에 맡겨둬, 버나드. 배터리로도 그 정도는 돌아갈 거야."

로리머는 스피카, 또는 스피카 더하기 무엇인가

의 섬광을 지켜보며 이해할 날이 오기는 할까 생각했다. 이 바깥의 믿을 수 없는 고독 속에서 벌어지는 책략이나 속임수를 가볍게 받아들이는 태도 말이다. 흠, 이 낯선 이들이 같은 땅에서 왔다면 당연한지도 몰랐다. 로리머는 큰 소리로 말했다. "에스콘디타는 소비에트의 작전명치고 이상해요. 그건 스페인어로 '감춰진'이라는 의미일 텐데요."

버나드가 대꾸했다. "그러게. 어이, 그러고 보니 그 억양 알아. 오스트레일리아 말투였어. 히캄 공군 기지에 호주 아가씨가 몇 있었거든. 오스트레일리아라니, 유후! 우메라*에서 연합팀이라도 보낸 건가?"

데이비스 선장은 고개를 저었다. "호주에는 그런 능력이 없어."

로리머는 생각에 잠겨서 말했다. "우린 전에 상당히 이상한 현상을 겪었어요, 선장님. 시각적인 확인을 할 수 있었으면 좋겠네요."

* 호주 남부에 있는 국방성 기지 소재지

"박사가 실수한 건가?"

"아니요. 지구는 제가 말한 자리에 있어요. 10월이라면 말입니다. 하지만 3월이라면 처녀자리에 나타나지요."

"그렇다면 얘긴 끝났군." 데이비스 선장이 긴 의자에서 몸을 밀어내며 씩 웃었다. "다섯 달이나 잤다니, 립반윙클이야?* 운동을 시작하기 전에 손 좀 놀릴 시간일세."

"내가 알고 싶은 건 그 여자가 어떻게 생겼느냐는 거야." 버나드가 송수신기를 닫으며 말했다. "우주복 입는 거 도와드릴까, 아가씨? 여, 아가씨, 그건 끌어당겨 넣어야지, 쯧쯧쯧! 이렇게 말이야. 듣고 있어, 박사?"

"그래." 로리머는 차트를 꺼냈다. 다른 두 사람은 그 이상한 우주선이나, 여기 나와 있는 우주선들의 존재에 대해 더 말하지 않고 후미 터널을 통과하여 작은 휴게실로 갔다. 로리머는 운동이 내키

---

* 워싱턴 어빙이 전설에 기반하여 쓴 단편 소설의 주인공으로, 백 년 동안 잠들었다가 깨어난다.

지 않을 만큼 동요한 상태였다.

지루한 운동 시간이 지나갔다. 점심시간이었다. 그들은 배터리를 아끼기 위해 용기에 최소한의 온기만 가했다. 또 똑같은 치킨 알라킹*이었다. 버나드는 케첩을 치고, 어느 오스트레일리아 여자에 얽힌 재미있는 일화로 평소 식사시간에 유지되던 정적을 깼다. 버나드는 말하면서 선버드 호의 암묵적인 대화 규칙을 지키려고 애써 자신을 검열했다. 점심을 먹은 후에 데이비스 선장은 사령선으로 건너갔다. 버나드와 로리머는 방사능 지수가 떨어지면 바로 피해평가 선외활동을 개시하기 위해 우주복과 우주복 부속 장치들을 확인했다.

두 사람이 막 짐을 치우는데 데이비스 선장이 호출했다. 로리머는 터널을 통과하면서 울려 퍼지는 여자 목소리를 들었다. "…좋은 여행. 로나가 뭐랬지? 글로리아 호 오버!"

* 고추와 버섯을 넣고 크림소스로 조리하는 요리

로리머는 장거리 입자 밀도 계산기를 켜고 스캔을 시작했다. 이번에는 아무 결과도 나오지 않았다. 로리머는 한참 만에 보고했다. "우리 뒤에 일직선으로 있든가, 태양 쪽 사분원에 있어요. 신호를 따로 분리해낼 수 없군요."

이윽고 스피커가 또 다른 가느다란 소리를 잡아냈다.

"저자들의 지상관제소일 수도 있어. 지평선을 넘어가려면 얼마나 남았지, 박사?" 데이비스 선장이 물었다.

"다섯 시간입니다. 가능성 있는 곳이… 시베리아 북서부, 일본, 오스트레일리아 정도군요."

"내가 고성능 안테나가 엉망이 됐다고 했잖아요." 버나드는 신중하게 안테나 모터에 동력을 공급했다. "간단해, 간단하고말고. 프레임이 뒤틀린 거야, 그렇게 된 거라고."

"끊지 말게." 데이비스 선장은 버나드가 그러지 않을 줄 알면서도 말했다.

끽끽거리는 소리가 사그라지고 진동이 돌아왔다.

버나드가 말했다. "이봐요, 우린 진짜 이걸 이용할
수 있어요. 저기다가 맞춰 조정할 수 있다고요."

갑자기 날카로운 소프라노음이 말했다. "…너
희 궤도 밖일 거야. 양자리 베타성 주위를 봐."

"또 다른 여자군. 이제 수리됐어." 버나드가 희
희낙락해서 말했다. "이젠 수리됐다고. 우리 문제
는 해결됐어요. 저놈의 물건이 149도 비틀려 있었
어요. 휘유."

첫 번째 여자가 돌아왔다. "보인다, 마고! 하지
만 너무 작은데, 어떻게 저 안에서 살 수가 있지?
자그마한 외계인일지도 몰라! 오버."

"저게 주디구만." 버나드가 낄낄거렸다. "선장,
이거 괴상한데요. 다 영어로 말하잖아요. UN 짓
거리일 겁니다."

데이비스 선장은 팔꿈치를 주무르고, 주먹을
쥐었다 펴면서 생각에 잠겼다. 두 사람은 기다렸
다. 로리머는 안테나가 물고기자리 감마성으로부
터 149도 돌아가 있었다는 사실에 대해 생각했다.

13분 만에 지구로부터 날아온 목소리가 말했

다. "주디, 다른 사람들을 불러줄래? 그 대화를 들려줄 테니까, 모두 들어야 할 것 같네. 2분만. 오, 기다리는 동안 제브라가 코니 보고 아기는 잘 있다고 전하고 싶대. 그리고 암소가 새로 태어났어."

"암호로군." 데이비스 선장이 말했다.

녹음된 내용이 따라왔다. 세 남자는 다시 한번 지직거리는 태양 소음 속에서 휴스턴을 부르는 데이비스 선장의 목소리에 귀를 기울였다. 송신음이 신속하게 깨끗해지더니 다른 우주선 글로리아 호가 그들 뒤, 태양에 더 가까운 곳에 있다는 여자 목소리가 들렸다.

지구로부터 온 목소리가 다시 말했다. "역사를 찾아봤어. 첫 번째 선버드 호 비행에 노먼 데이비스 소령이 있었어. 소령이라는 건 군사적인 칭호야. 그들이 '박사'라고 말하는 거 들었어? 과학 박사도 한 명 타고 있었어, 오렌 로리머 박사래. 세 번째 인물은 버나드 게어 대위야. 대위라는 것도 칭호고… 그렇게 셋뿐이었어. 물론 셋 다 남자였지. 우린 그들이 초창기 역추진 엔진을 갖추고 있었고 연료는 많지 않았다고 생각해. 요점은, 첫 번째 선버드 호는 우주에서 실종되었다는 거야. 그들은 태양 뒤에서 나오지 않았어. 그게 대형 플레어가 시작될 무렵이었지. 잰은 그들이 플레어에 가까이 있었던 게 확실하다고 보고 있어. 너희도 그들이 손상을 입었다고 말하는 걸 들었지."

데이비스 선장이 으르렁거렸다. 로리머는 뱃속에 전기가 튀는 것 같은 흥분과 싸우고 있었다.

"자기들이 말한 그대로의 사람들이든지, 아니면 유령, 아니면 사람인 척하는 외계인이겠지. 잰 말로는 초대형 플레어로 일어난 붕괴가 국지적인 시간면을 무너뜨렸을 수 있대. 허이구. 너희가 관찰한 건 뭐였어? 가장 중요한 부분만 말하면?"

'시간면…,' '돌아오지 않았다….' 로리머의 마음은 방금 들었다고 생각한 말, '2000년도보다 이전'이라는 말을 받아들이기를 거부하고, 자기 앞에서 꼼짝하지 않고 있는 턱수염 기른 머리통 두 개의 현실로 좁혀졌다. 로리머는 언어에 대해 생각했다. 언어가 바뀌었어야 하잖아. 그렇게 생각하니 기분이 나아졌다.

　장중한 바리톤 음성이 끼어들었다. "마고?" 선버드 호에서는 눈들을 부릅떴다.

　"…50년의 대형 플레어와 비슷해." 남자 목소리에도 독특한 억양이 있었다. "그게 터졌을 때 바로 그 자리에 있어서 정말 운이 좋았지. 가장 흥미로운 부분은 우리가 중력 난류를 확인했다는 점이야. 주기적이기는 하지만 파도형은 아니었어. 격렬한 난류여서 우린 한동안 밀려다녔어. 그런 난류가 있을 때는 공간이 무시무시한 압박을 받지. 우린 우리 태양계가 마이크로 블랙홀 군집을 통과하고 있다는 프랑스의 이론이 옳다고 생각해. 아직까지 블랙홀이 우리를 때린 적은 없지만 말이야."

　"프랑스라니?" 버나드가 중얼거렸다. 데이비스 선장은 생각에 잠겨서 버나드를 보았다.

　"시간을 뛰어넘다니, 생각하기 힘든 얘기네. 하지만 그 사람들은 여기에 있어. 정체는 모르겠지만 우리보다 8백 킬로미터 이상 바깥에서 알데바란을 향해 나가고 있어. 로나 말대로 그 사람들이 지구에 가려 하고 있다면, 예비 동력이 상당히 많지 않고서는 곤란에 빠질 거야. 그쪽에 말을 걸어봐야 할까? 오버. 아, 암소 소식은 잘됐어. 다시 오버."

버나드가 가만히 휘파람을 불었다. "블랙홀이라니. 그건 로리머 박사한테 어울리는 소리인걸. 우리가 블랙홀에 들어갔어?"

"아닐걸. 그랬다면 여기 있을 리가 없지." 우리가 여기에 있다면 말이지만. 로리머는 속으로 덧붙였다. 마이크로 블랙홀 군집이라니. 완전히 붕괴한 질량 조각들이… 이를테면 항성 광구 안에서 서로에게 접근하거나 충돌할 경우에 일어나는 일은 무엇인가? 시간 교란? 그만둬. 로리머는 큰 소리로 말했다. "그들이 우리에게 말을 걸고 있을 수도 있어요, 선장님."

데이비스 선장은 아무 말도 하지 않았다. 몇 분이 지나갔다.

마침내 지구 측 음성이 돌아와서 원래 주파수로 낯선 이들에게 접촉해보겠다고 말했다. 버나드는 선장을 흘긋 보고 주파수를 조정했다.

"선버드 1호?" 여자는 비음 섞인 목소리로 느리게 말했다. "달 중앙관리소에서 선버드 1호의 노먼데이비스 소령을 호출합니다. 우리 우주선 에스콘디타 호와 당신들의 대화를 들었어요. 당신들이 누구이며 어떻게 여기에 왔는지 무척 얼떨떨한데요. 당신들이 정말로 선버드 1호라면 태양 플레어를 통과하면서 시간을 건너뛴 게 분명하다고 생각합니다." 여자는 '시간'이라는 단어를 런던의 노동자처럼 발음했다.

"우리 우주선 글로리아 호가 가까이에서 레이더로 당신들을 보고 있어요. 로나에게 지구로 가고 있다고 말한 점이나, 지금이 지구가 물고기자리에 있는 10월이라고 생각한다는 점으로 미뤄보면 당신들에게 심각한 항로 문제가 있을지도 몰라요. 지금은 10월이 아니라 3월 15일이에요. 다시 말하죠. 지구 날짜로 3월 15일, 시간은 20시 00분입니다. 처녀자리 스피카에 밀접해 있는 지구를 볼 수 있을 거예요. 창이 손상을 입었다고 했죠. 밖으로 나가서 볼 수는 없나요? 우린 당신들이 대규모 항로 변경을 해야 한다고 생각해요. 연료는 충분한가요? 컴퓨터는 있나요? 공기와 물과 식량은 충분해요? 우리가 도울 수 있을까요? 이 주파수에 귀를 기울이고 있을게요. 달에서 선버드 1호에게. 통신 바랍니다."

선버드 호에서는 아무도 움직이지 않았다. 로리머는 내면의 폭발에 대항하여 싸우고 있었다. 다시는 돌아오지 않았다니. 시간을 건너뛰었다니. 길어지는 정적 속에서 혼자 감당하고 억제해온 기억의 포낭들이 부풀어 올랐다. "대답 안 하실 겁니까?"

"바보같이 굴지 말게." 데이비스 선장이 말했다.

"선장님. 149도는 물고기자리 감마성과 스피카 사이의 각도예요. 이 송신은 자기들이 지구가 있다고 말한 그 자리에서 오고 있어요."

"자네가 실수한 거로군."

"전 실수하지 않았습니다. 3월이 분명해요."

데이비스 선장은 파리 때문에 성가셔하는 사람처럼 눈을 깜박였다.

15분이 지나고 달의 목소리가 모든 내용을 반

복한 후 끝을 맺었다. "제발, 통신 바랍니다."

"적어도 녹음테이프는 아니군." 버나드는 껌 포장을 하나 풀고, 포장지를 자이로스코프 축 뒤쪽에 밀어 넣은 종이뭉치에 더했다.

스피카의 모호한 광채를 지켜보던 로리머는 피부가 근질거렸다. 저게 스피카 더하기 지구의 모습이라고? 불신이 로리머를 그러쥐고 온갖 얼굴과 목소리들, 지글거리는 베이컨, 삐걱거리는 아버지의 휠체어, 햇빛 비치는 흑판에 올라간 분필, 꽃무늬 소파에 놓인 아내 지니의 맨다리, 위험할 정도로 잔디깎이 가까이 뛰어다니는 제니와 페니의 모습들이 뒤섞인 복잡한 격통이 몸과 마음을 뒤흔들었다. 딸들은 이제 더 컸겠지. 제니는 벌써 제 어미만큼 큰데. 우리 아버지는 내가 집에 돌아갈 때까지 버티겠노라 마음먹고 덴버에서 누나 에이미와 같이 살고 계신데…. 이건 미친 소리야. 선장의 말이 맞아. 속임수야. 정신 나간 속임수. 언어가 그대로잖아.

15분이 더 흐르고, 단호하고 진지한 여자 목소

42

리가 돌아와서 같은 내용을 반복하며 압박감을 더했다. 데이비스 선장은 형편없는 스포츠 프로그램 중계라도 듣는 사람처럼 냉담하게 찌푸린 표정이었다. 로리머는 선장이 스위치를 끄고 카드 게임이라도 하자고 하지 않을까 생각했다. 차라리 그랬으면 좋겠다. 여자 목소리는 이제 주파수를 바꾸겠다고 말했다.

버나드는 가만히 껌을 씹으며 주파수를 조정했다. 이번에는 목소리가 몇 부분에서 더듬거렸다. 지친 목소리였다.

다시 기다렸다. 이번에는 한 시간이 걸렸다. 로리머의 마음은 오직 자신을 파고드는 스피카의 광점만을 붙잡고 있었다. 버나드가 '노란 리본'의 한 소절을 흥얼거리고 다시 침묵에 빠졌다.

마침내 로리머가 말했다. "선장님, 우리 안테나는 똑바로 스피카를 가리키고 있어요. 제가 실수했다고 생각한대도 상관은 없지만, 지구가 저쪽에 있다면 우린 곧 항로를 바꿔야 합니다. 이중 광원일 수도 있다는 걸 보면 알잖아요. 확인해봐야 합니다."

데이비스 선장은 말이 없었다. 버나드도 말이 없었지만, 눈길이 현창으로 향했다가 다시 계기반으로 돌아왔다가 현창으로 돌아갔다. 계기반 구석에는 폴라로이드 스냅 사진이 붙어 있었다. 버나드의 아내, 패티였다. 깔깔거리면서 엉덩이를 흔드는 키 큰 붉은 머리 여자. 로리머는 가끔 패티에 대해 몽상을 하곤 했다. 그러나 목소리는 어린 소녀 같고, 키가 너무 컸다…. 어떤 남자들은 자기보다 키 큰 여자를 따라다니기도 하지만, 로리머에게는 그게 꼴사납게 여겨졌다. 아내 지니는 로리머보다 3센티미터가 작았다. 딸들은 더 클 것이다. 그리고 지니는 로리머가 떠나기 전에 임신하겠다고 주장했다. 설령 로리머와 통신을 할 수 없다고 해도 말이다. 어쩌면, 어쩌면 사내아이였을지도, 아들일지도… 그만. 뭔가 다른 생각을 해. 버나드… 버나드는 패티를 사랑할까? 그걸 누가 알까? 로리머는 지니를 사랑했다. 1억 킬로미터 떨어진 곳에서….

"주디?" 달 관리소인지 뭔지가 말했다. "그 사람
들이 답을 안 하네. 네가 시도해볼래? 하지만 들어
봐, 우리가 생각을 해봤는데 말이지. 이 사람들이
정말로 과거에서 온 거라면, 이 상황은 엄청난 정
신적 충격일 거야. 이제 막 자기들의 세계를 두 번
다시 보지 못하리라는 사실을 깨달았을 수도 있어.
마이다가 그러는데 이런 남자들에게는 같이 사는
여자와 자식들이 있었고, 그들을 끔찍이 그리워할
거래. 우리에게는 흥분되는 일이지만 그 사람들에
겐 지독한 일일 수도 있어. 충격이 심해서 답을 못
할 수도 있다는 거지. 겁을 먹었을 수도 있어. 우리
가 외계인이거나 환각이라고 생각할 수도 있고. 알
았지?"

5초 후에 근처에 있는 여자가 말했다. "응, 마고.
우리도 그런 생각을 했어. 아, 선버드 호? 선버드
호의 데이비스 소령, 거기 있어요? 글로리아 호의
주디 패리스예요. 우린 당신들에게서 백만 킬로미
터밖에 떨어져 있지 않아요. 스크린에 당신들이 보
여요." 젊고 들뜬 목소리였다. "달 중앙관리소에서

45

계속 연락을 시도했어요. 우린 당신들이 곤란에 처했다고 생각하고 당신들을 돕고 싶어요. 제발 무서워하지 마요. 우리도 당신들과 똑같은 인간이에요. 지구로 가길 원한다면 항로를 한참 벗어난 것 같은데요. 무슨 문제가 있나요? 우리가 도울 수 있을까요? 무선 통신이 안된다면 어떤 종류의 신호든 보낼 수 있나요? 옛날 모스 신호 알아요? 곧 그 우주선이 우리 스크린에서 벗어날 텐데, 우린 정말로 당신들이 걱정스러워요. 제발, 가능하다면 응답해줘요, 선버드 호, 응답해요!"

데이비스 선장은 무표정하게 앉아 있었다. 버나드는 선장을 흘긋 보고, 현창을 보고, 얼빠진 얼굴로 스피커를 멍청히 바라보았다. 로리머는 더 놀랄 여력도 없이, 그저 그 목소리에 대답하고만 싶었다. 탐사광선을 헤테로다인*으로 돌리면 대충 신호를 만들어낼 수 있다. 하지만 그러고 나면, 데이비스 선장과 버나드가 반대하면?

---

* 반송파와 원 주파수를 혼합하여 중간주파수를 만들어내어 안정적으로 운영하는 방식

여자 목소리가 결연히 같은 내용을 반복하더니 결국 말했다. "마고, 아무 소리도 안해. 혹시 죽은 걸까? 난 그자들이 외계인 같아."

우린 외계인이 맞지 않나? 로리머는 생각했다. 달 관리소에서 아까와 다른, 조금 더 나이 든 목소리가 돌아왔다.

"주디, 나 마이다인데, 다른 생각이 들었어. 이 사람들에게는 대단히 엄격한 권한 규약이 있었어. 역사 수업 기억하지? 그들은 모든 것에 명령을 내렸어. 데이비스 소령이 반복해서 지휘자라고 말했다는 데 주목해봐. 그걸 지배-순종 구조라고 부르는데, 한 사람이 명령을 내리면 다른 사람들은 명령받은 대로 하는 거였어. 이유는 잘 모르겠지만 말이야. 겁을 먹어서 그랬는지도 모르지. 요점은, 지배하는 사람이 충격을 받거나 공황상태에 빠졌다면, 이 데이비스라는 사람이 허락하지 않는 한 다른 사람들도 대답을 할 수 없을지도 모른다는 거야."

예수님 맙소사 온갖 색깔의 구세주 예수님 맙

소사. 그건 로리머의 아버지가 말로 표현할 수 없는 일을 두고 뱉던 표현이었다. 데이비스 선장과 버나드는 움직임 없이 앉아 있었다.

주디의 목소리가 대꾸했다. "그거 진짜 이상하네. 그건 그렇다 치고 자기들이 엉뚱한 항로에 올라 있다는 건 모르는 거야? 그 지배자인지 뭔지가 다른 사람들까지 태양계 밖으로 날아가게 할 수 있어? 진짜로?"

그렇게 됐어. 그렇게 된 거야. 내가 막아야 해. 그들이 우릴 놓치기 전에, 지금 행동해야 해. 로리머는 생각했다. 앞에 버티고 선 데이비스 선장과 버나드에게 맞서는 절망적인 자신의 모습이 그려졌다. 우선 설득부터 시도해.

로리머가 입을 여는데 버나드가 살짝 움직였다. 로리머는 이루 말할 수 없이 고마운 마음으로 버나드의 목소리를 들었다. "선장, 한번 보는 게 어때요? 트림 한번 한다고 해될 건 없잖아요."

데이비스 선장의 고개가 1, 2도쯤 돌아갔다.

"아니면 저 영계가 말한 대로 내가 나가서 볼까

요?" 버나드의 목소리는 온화했다.

한참이 지나서 데이비스 선장이 중립적인 태도로 말했다. "좋아, 비행자세를 바꿔보지." 선장은 무겁다는 듯이 팔을 올렸다. 그리고 스피카가 제대로 보이는 창문과 일직선에 놓이도록 질서 정연하게 벡터값을 수정했다.

왜 난 버나드처럼 말하지 못했을까. 로리머는 익숙한 확인 순서를 따라가면서 스스로 무수히 물었던 질문을 다시 물었다. 아니, 대답하지 말자. 그리고 다시 한번 그들의 완벽함에 왠지 모를 감동을 느꼈다. 진짜배기들, 알파 수컷들. 그들의 유대감. 학창시절 구기팀의 터무니없는 운동선수들에게 처음 느꼈던 그 경외감.

"부딪친 데 없다 치고, 가죠, 선장님."

데이비스 선장은 점화 안전장치를 해제하고 컴퓨터를 실시간으로 작동시켰다. 선체가 진동했다. 선실 안에 있는 모든 물건이 옆으로 떠도는 동안 스피카의 광점은 반대 방향으로 돌다가, 역추진 로켓이 분사할 때쯤 전방창에 나타났다. 스피키가 깨

끗한 유리창으로 기어 나오자 로리머는 스피카 옆
에 있는 빛을 제대로 볼 수 있었다. 이중의 광점은
한결같았다. 아름다운 솜씨였다. 로리머는 버나드
에게 망원경을 건넸다.

"왼쪽에 있는 광점."

버나드가 들여다보았다. "저기 있군, 그래. 여,
선장, 저것 좀 봐요!"

버나드는 망원경을 데이비스 선장의 손에 쥐여
주었다. 선장은 서서히 망원경을 들어 올리고, 보
았다. 로리머는 선장의 숨소리를 들을 수 있었다.
갑자기 선장이 마이크를 뺐다.

"휴스턴!" 선장이 거칠게 외쳤다. "선버드 호가
휴스턴에게, 선버드 호가 휴스턴에게. 휴스턴, 응
답하라!"

정적 속에서 스피커가 꽥꽥거렸다. "그들이 엔
진을 점화했어. 잠깐, 통신을 하는데?" 그리고 목
소리가 멈췄다.

선버드 호에서는 아무도 말을 하지 않았다. 로
리머는 앞에 보이는 쌍둥이별을 응시했다. 시간이

얼어붙은 가운데 불가능한 현실이 주위를 돌고 있었다. 창에 비친 버나드의 얼굴이 거꾸로 보였다. 웃음기는 사라지고 없었다. 데이비스 선장의 수염이 들썩였다. 기도하고 있구나. 로리머는 깨달았다. 승무원 중에서 선장이 가장 종교적이었다. 일요일 식사 시간이면 짧고 기품 있는 기도를 올리곤 했다. 로리머의 마음속에 데이비스 선장에 대한 진한 동정심이 일어났다. 선장은 가족과 관계가 정말 끈끈했고, 언제나 아들 넷의 교육에 대해 생각했으며, 아이들을 사냥과 낚시와 캠핑에 데려갔다. 그리고 놀라울 정도로 활동적이고 상냥한 그의 아내 도리스는 계속 여행을 가고, 요리를 하고 지역사회를 위해 일했다. 지니가 아팠을 때는 페니와 제니를 학교까지 태워다주기도 했다. 좋은 사람들, 사회의 기둥 같은 사람들…. 이럴 리가 없어. 휴스턴에서 패커드의 목소리가 곧 들려올 거야. 이젠 안테나가 방향을 제대로 잡았잖아. 앞으로 6분만 있으면 이 헛소리는 다 사라질 거야. '2000년도보다 이전'이라니… 그만둬. 언어가 변했어야지. 도리스를 생각하니… 도리스에게는 다섯 남자를 먹이는 여자 특유의 광채가 있지. 아들이 있는 여자들은 달라. 하지만 로리머의 사랑하는 아내 지니는, 그의 딸들은… 이젠 할머니일까? 다 죽어서 먼지가 됐나? '그만 생각해.' 데이비스 선장이 아직도 기도를 하고 있었다. 저 머리들 속에서 무슨 일이 벌어지고 있는지 누가 알까? 선장의 울음… 12분, 괜찮아져야 했다. 초침이 멈춰버렸나, 아니, 움직이고 있었다. 13분. 이건 미친 소리다. 꿈이다. 13분 더하기… 14분. 스피커가 공허하게 치직거렸다. 이제 15분. 꿈이다… 아니면 저 여자들이 알아서 하라고 물러난 건가? 16분….

20분이 지나자 데이비스 선장의 손이 움직이다가, 다시 멈췄다. 몇 초가 또 지나고, 우주가 치직거렸다. 30분이 다 되었다.

"선버드 호의 데이비스 소령?" 나이 든 여자의 온화한 목소리였다. "여기는 달 중앙관리소예요. 현재는 우리가 우주비행의 관리와 통신을 맡은 시설입니다. 유감이지만 더 이상 휴스턴에는 우주 관제소가 없다는 사실을 말해드려야겠네요. 2세기 도 더 전에 우주왕복선 기지가 화이트 샌즈*로 이 동했을 때 휴스턴 자체가 버려졌어요."

서늘한 먼지 색깔의 빛이 로리머의 두뇌를 감 싸 안고, 바깥 정보로부터 고립시켰다. 오랫동안 그런 상태일 것이다.

여자는 모든 내용을 다시 설명하고, 도움을 제 안하고, 혹시 다치지는 않았는지 묻고 있었다. 친 절하고 품위 있는 설명이었다. 데이비스 선장은 여 전히 움직임 없이 앉아서 지구를 응시하고 있었다. 버나드가 그 손에 마이크를 쥐여주었다. "말해요, 선장."

데이비스 선장은 마이크를 보고 심호흡을 하더 니 송신 버튼을 눌렀다.

"선버드 호가 달 관제기지에게." 데이비스 선장 은 꽤 정상적으로 말했다(로리머는 관제기지가 아

---

* 북미, 뉴멕시코에 있는 국립공원

니라 '중앙관리소'라고 했다는 생각을 했다). "들린
다. 아, 생명 유지에는 문제가 없다. 아무 문제도 없
다. 항로 변경 제안을 받아들여 재계산을 진행하고
있다. 컴퓨터 조력에 대한 제안은 고맙게 생각한
다. 우리가 정리할 수 있도록 귀 기지에서 위치 정
보를 전송하기를 제안한다. 아, 우리는 집적판이
어떤 상태가 되었는지 보기 전까지는 전송을 삼가
고 있다. 선버드 호 아웃."

★

그렇게 이 모든 일이 시작되었다.

로리머의 정신이 1년 후, 혹은 3백 년 후에 글
로리아 호 안을 떠다니고 있는 자신에게로 돌아왔
다. 그들을 지켜보고, 그들에게 감시받는 자신에게
로. 그래도 여전히 기분은 가볍고 만족스러웠다.
밑바닥에 깔린 두려움은 조금도 수면 가까이 올라
오지 않았다. 하지만 너무 조용했다. 오랫동안 아
무 목소리도 듣지 못한 것 같았다. 아니 실제로 오
래였을까? 약물이 시간 감각을 엉망으로 만들고

있는지도 몰랐다. 어쩌면 1, 2분밖에 지나지 않았는지도 몰랐다.

"기억을 떠올리고 있었어요." 로리머는 말을 시키고 싶어서 코니에게 말했다.

코니는 고개를 끄덕였다. "떠올릴 것이 정말 많겠죠. 오, 미안해요…. 별로 좋은 소리는 아니었네요." 코니의 눈동자에 연민의 감정이 비쳤다.

"신경 쓰지 말아요." 이제는 모두 꿈 같았다. 잃어버린 세상과 지금 선명하게 보고 있는 다른 세상 모두가. "당신들에겐 우리가 아주 괴상한 짐승들처럼 보이겠죠."

"이해하려고 노력하고 있어요. 역사라는 게 그렇죠. 사건들을 배우기는 하지만 사람들이 어땠는지, 당시 사람들에게는 어떤 기분이었는지 같은 건 사실 느껴지지 않잖아요. 우린 당신들이 그걸 말해주길 희망해요."

로리머는 생각했다. 약물. 약물로 그걸 시도하는 거군. 그들에게 말을… 어떻게 말을 할 수가 있을까? 공룡이 자기 삶이 어땠는지 말할 수 있을까?

몽타주가 그의 머릿속을 흘러갔다. 불쑥불쑥 튀어
나오는 관제본부의 북쪽 주차장과 혐오스러운 담
쟁이덩굴이 달린 지니의 노란색 부엌 전화기… 여
자들과 넝쿨….

시끄러운 웃음소리가 로리머의 주의를 끌었다.
그들이 체육관이라고 부르는 방에서 들리는 소리
였다. 버나드와 다른 사람들이 공놀이를 하는 모양
이었다. 정말이지 훌륭한 생각이었다. 근육의 힘을
이용하고, 가벼운 운동을 계속하는 것. 그래서 다
들 그렇게 좋은 건강 상태를 유지하는 거겠지. 체
육관이란 사실상 다람쥐 쳇바퀴인데 벽을 기어오
르거나 밟아 오르면 벽이 돌아가면서 연쇄 장치를
감아올리고, 이 장치는 수면실을 회전시켰다. 진짜
울라공스럽군…. 버나드와 데이비스 선장은 보통
운동시간을 함께 잡아서 회전하는 체육관을 크고
창백한 유인원들처럼 힘차게 기어오르곤 했다. 로
리머는 여자들의 편안한 리듬이 더 좋았다. 그에게
는 이곳의 생활주기가 잘 맞았다. 로리머는 보통
말을 많이 하지 않는 코니, 아니면 말 많은 주디들

중 누군가와 같이 운동하는 편이었다.

하지만 지금은 아무도 말을 하지 않았다. 로리머는 약간은 불편한 마음으로 커다란 원통형의 선실 안을 둘러보고, 전방창 가까이에 있는 데이비스 선장과 레이디 블루를 보았다. 주디 다카르가 그 뒤에 있었는데, 처음으로 말이 없었다. 다들 지구를 보고 있는 게 분명했다. 지구는 몇 주 전부터 아름답게 팽창하는 원반이 되었다. 다시 기도를 하는지 데이비스 선장의 수염이 움찔거렸다. 과시가 아니라 그냥 하는 기도였지만, 너무나 진심 어린 태도여서 무신론자인 로리머로서는 동정할 수밖에 없었다.

주디들은 당연히 데이비스 선장에게 무슨 말을 속삭이고 있느냐고 물었다. 그들에게 어떤 기도 개념도 없고 기독교 성경을 본 적도 없다는 사실을 선장이 알았을 때, 그 자리에는 무거운 침묵이 흘렀다.

"그러니까 당신들은 모든 믿음을 잃었군요." 데이비스 선장은 마침내 그렇게 말했다.

"믿음은 있어요." 주디 패리스가 항의했다.

"어떤 믿음인지 물어도 되겠소?"

"물론 우리 자신들에 대한 믿음이죠." 주디는 그렇게 말했다.

"아가씨, 당신이 내 딸이었다면 엉덩이를 때려 줬을 거요." 데이비스 선장의 말은 농담이 아니었다. 그 화제는 두 번 다시 거론되지 않았다.

그래도 로리머는 데이비스 선장이 처음 닥친 끔찍한 충격에서 정말 훌륭하게 회복했다고 생각했다. 인격신, 아버지 모델… 남자에겐 그런 게 필요하다. 데이비스 선장은 자신의 신으로부터 힘을 끌어내고, 우리는 선장에게 기댄다. 어쩌면 지도자들은 무엇인가를 믿어야만 하는지도 몰랐다. 데이비스 선장은 정말 훌륭했다. 쾌활하고, 침착하고, 끈기있게 대안을 찾아 나가고, 위치 기록에서 피할 수 없는 불일치들에 대해 로리머는 할 수 없는 방식으로 결정을 내리고… 빌어먹을….

★

다시 기억이 로리머를 휩쓸어갔다. 그는 다시
한번 선버드 호에 돌아가서, 까끌까끌한 눈으로 여
자들의 수다와 데이비스 선장의 무뚝뚝한 대꾸에
귀를 기울였다. 맙소사, 여자들이 어찌나 재잘거리
는지. 그래도 그 여자들의 컴퓨터 실력은 제대로였
다. 로리머는 또 그들의 정확한 추진력과 연료 보
유량을 전하지 않으려고 주저하는 데이비스 선장
의 기벽 때문에 괴로웠다. 선장은 계속 여유분을
비밀로 하고 로리머에게 재계산을 시켰다.

그러나 그 여유분은 도움이 되지 않았다. 곧 그
들이 큰 곤란에 빠졌음이 분명해졌다. 지구는 다음
공전에서 그들을 한참 앞질러 지나갈 것이고, 그들
에게는 지구 공전 궤도와 교차하기 전까지 지구를
따라잡을 만한 가속 수단이 없었다. 연료가 탱크의
바닥면을 유지하도록 가속력을 주고, 속도를 충분
히 줄여서 지구가 두 번째 공전 중에 그들과 마주
치게 만들 수는 있었다. 그러나 그러자면 1년이 더

지나갈 것이고 그들의 생명 유지 장치는 멈춘 지 오래일 것이다. 한 사람만 남는다면 기다릴 수 있을까 하는 음울한 의문이 로리머의 머릿속으로 밀려들었다. 그는 그 의문을 다시 밀어냈다. 그런 건 선장이 생각할 문제였다.

마지막 기회가 있었다. 석 달 후면 금성이 그들의 궤도에 접근할 것이고, 금성을 근접 통과함으로써 속도를 더할 수 있을지도 몰랐다. 세 사람은 그 작업에 착수했다.

그사이 지구는 꾸준히 그들에게서 멀어져갔고, 태양에 가까이 접근해가는 글로리아 호도 그랬다. 그들은 태양의 방해전파 사이로 글로리아 호의 신호를 잡아냈다가 다시 놓쳤다. 그들은 이제 글로리아 호의 승무원 다섯 명을 알았다. 남자는 앤디 케이, 나이 많은 여자는 레이디 블루 파크스, 두 사람은 항해를 맡고 있는 듯했다. 그리고 코니 모렐로스와 쌍둥이인 주디 패리스와 주디 다카르가 있는데, 통신을 담당했다. 달에서 날아오는 목소리도 여자들인데, 마고와 아젤라였다. 선버드 호의 남자들은 달 기지가 태양에서 먼 쪽을 향해 흔들려 가고 있는 에스콘디타 호와 나누는 이야기를 들을 수 있었다. 데이비스 선장은 계속 청취하면서 오가는 모든 이야기를 녹음하자고 주장했다. 상당 부분 달과 글로리아 호와 나눈 통신의 반복에 다양한 개인 잡기가 섞인 내용이었다. 암소, 닭, 그밖에 다양한 가축들에 대한 언급이 늘어나자 데이비스 선장은 마지못해서 그게 다 암호라는 생각을 버렸다. 버나드는 그중 남자 목소리를 총 다섯 명으로 헤아렸다.

"대단한걸. 우리가 떠나왔을 때도 거리에 계집애 운전자들이 늘어나긴 했지. 이제 우주가 안전해져서 여자들이 인수했다는 뜻이야. 그것들 땀 좀 흘리게 놔두자고." 버나드는 낄낄거렸다. "이 새를 무사히 내려놓고 나면 별들은 이 몸을 다시는 들여다보지 못할 거야, 안되고말고. 멋진 해변과 산더미 같은 스테이크와 맥주와 온갖 달콤한 것들을 누려줘야지. 어이, 우린 살아 있는 전설이 될 거야. 입장료도 받을 수 있을걸."

데이비스 선장의 얼굴에는 부적절한 화제가 나왔다는 표정이 떠올랐다. 로리머로서는 조바심 나는 일이었지만, 선장은 이 미래의 지구에서 무엇이 그들을 기다리고 있을지에 대한 모든 추측을 막았다. 선장은 오가는 통신을 당면한 문제에만 국한했다. 로리머가 변하지 않은 언어의 수수께끼에 대해서라도 언급해보려 했을 때, 선장은 그저 단호하게 말했다. "나중에." 로리머는 약이 올랐다. 3세기나 미래에 왔는데 아무것도 배울 수 없다니 믿을 수 없는 일이었다.

여자들의 이야기에서 몇 가지 정보를 모으기는 했다. 그들 이후에 아홉 번의 성공적인 선버드 호 비행이 있었고 참사도 한 번 있었다. 그리고 글로리아 호와 그 자매선은 오랫동안 계획한 대로 내행성 두 곳에 대한 접근 비행 중이었다.

"우린 언제나 쌍으로 움직여요. 하지만 그 행성들은 쓸모가 없어요. 그래도 볼 가치는 있죠." 주디가 말했다.

"맙소사, 선장님. 도대체 행성을 몇 개나 방문해

봤는지 물어봐요." 로리머가 간청했다.

"나중에."

그러나 다섯 번째 식사 시간쯤에 달에서 불쑥 자진해서 정보를 내놓았다.

"지구에서 여러분을 위한 역사강의를 준비하고 있다, 선버드 호." 마고의 목소리였다. "질문하느라 동력을 낭비하고 싶진 않을 줄 아니까, 지금 몇 가지 중요한 점을 전송해둘까 한다." 마고가 말하다가 웃었다. "생각보다 힘들었다. 이 자리엔 역사 전공자가 없어서."

로리머는 혼자 고개를 끄덕였다. 1690년에서 온 남자가 크롬웰에게 무슨 일이 일어났는지 알고 싶어 하는데(크롬웰이 그 시대 사람 맞던가?) 전기나 원자, 미합중국에 대해서는 들어본 적도 없다면 무슨 말을 해줘야 할지 로리머도 생각해본 적이 있었다.

"어디 보자, 아마 제일 중요한 건 당신들 때만큼 사람이 많지는 않다는 거겠지. 우리 인구는 2백만이 거우 넘는다. 당신들 시대에서 미지않아서 진

세계에 전염병이 돌았다. 그 병은 사람들을 죽이지는 않았지만 인구를 줄였다. 그러니까, 세상 대부분에 아기들이 태어나지 않았다는 얘기다. 아, 그걸 불임이라고 하지. 오스트레일리아라고 불리던 나라가 가장 감염이 적었다." 버나드는 이 대목에서 손가락을 하나 들었다.

"그리고 캐나다 북부도 심하지 않은 편이었다. 그래서 생존자들은 모두 식품을 생산할 수 있고 제일 좋은 통신시설과 공장이 있는 미국 남부에 모였다. 나머지 세상에는 아무도 살지 않지만, 가끔 그리로 여행은 간다. 아, 우리에겐 다섯 가지 주요 활동 분야가 있다. 그걸 산업이라고 부르나? 식품 부문, 그러니까 농업과 어업이 한 분야고, 통신 분야, 수송 분야, 우주 분야… 이건 우리지. 꼭 필요한 공장들도 있다. 우린 아마 당신들보다 많이 단순하게 살 거다. 당신들이 만든 물건들을 사방에서 볼 수 있는데, 그 점에 대해서는 무척 감사하게 여긴다. 오, 그리고 당신들과 똑같은 체펠린 비행선을 쓴다는 걸 알면 흥미로워 할지도 모르겠군. 우리에겐 여섯 척의 대형 비행선이 있다. 그리고 다섯 번째 분야는 아이들이다. 아기들. 이 정도로 도움이 되나? 여기 있는 어린이 책을 참고하고 있는데."

이런 설명이 흘러나오는 동안 남자들은 얼어붙어 있었다. 로리머는 식어가는 다진고기 봉투를 쥐고만 있었다. 버나드는 다시 씹기 시작하다가 목이메었다. "2백만 명인데 우주여행 능력이 있다고?" 버나드는 기침을 했다. "믿을 수가 없구만."

데이비스 선장은 생각에 잠긴 얼굴로 스피커를 노려보았다. "우리에게 말해주지 않는 게 많군."

"내가 물어볼게요. 괜찮죠?" 버나드가 말했다.

데이비스 선장은 고개를 끄덕였다. "조심하게."

"역사 강의 고맙다, 달 기지. 정말로 감사히 여긴다. 하지만 겨우 2백만 명으로 어떻게 우주계획을 유지하는지 알 수가 없다. 조금 더 이야기해줄수 있나?"

답을 기다리는 동안 로리머는 그 충격적인 수치를 이해해보려 노력했다. 80억에서 2백만으로…

유럽, 아시아, 아프리카, 남아메리카, 아메리카 자체가… 절멸이라니. 아기가 더 태어나지 않았다니. 전 세계적인 불임이라니, 무엇 때문에? 흑사병, 아시아의 기근… 그런 재앙에는 열 명에 하나씩 죽어나갔다. 이건 몇 배는 더 나빴다. 아니, 다 똑같긴 하지. 이해를 벗어나 있다는 점에서는 같았다. 쓰레기만 굴러다니는 텅 빈 세상.

"선버드 호? 음, 당신들이 우주에 대해 알고 싶어 할 줄 짐작했어야 하는 건데…. 우리에게 제대로 된 우주선은 네 척뿐이고 한 척을 건조하는 중이다. 두 척은 알고 있겠지. 그 외에 인디라 호와 페크 호가 있는데 현재 화성을 오간다. 화성 돔은 당신들 시대부터 있었을지 모르겠군. 그래도 위성기지는 있지 않았나? 그리고 물론 오래된 월면 돔도 있고… 그러고 보니 그걸 세운 게 전염병 기간이었군. 아이들을 키울 개척지를 만들어보려는 시도였는데, 병이 거기까지 번졌다. 그 사람들은 전력을 다해 싸웠다. 우린 당신들에게 많은 빚을 지고 있다. 역사에는 당신들이 어떻게 최소한의 생존 가능 프로그램을 만들어내고 모두를 훈련시켜서 미치광이들로부터 구했는지 다 나온다. 그건 영광스러운 성취였다. 아, 여기 기념비에 당신 중에 한 사람의 이름이 있다. 로리머. 우린 그 모든 것을 계속 운영하고 성장시키고 싶고, 우리 모두 여행을 좋아한다. '인간은 방랑자'라는 게 우리의 모토 중 하나다."

"남자가 방랑자 아니었어?" 버나드가 익살스럽게 눈을 깜박이며 물었다.

데이비스 선장은 여전히 스피커를 응시하고 있었다. 그러다 천천히 말했다. "정부에 대해서는 한 마디도 없군. 경제 상황에 대해서도 말이 없고. 원숭이 떼와 이야기하는 꼴이야."

"물어볼까요?"

"잠시 기다려… 그렇지, 그들의 정부 지도자와 우주 프로그램책임자 이름을 물어봐. 그리고… 아, 그렇게만 하지."

마고는 버나드의 질문에 메아리를 돌려보냈다. "대통령? 여왕과 왕 같은 걸 말하나? 잠깐만, 여기

마이다가 왔군. 마이다는 당신들에 대해 지구와 이
야기를 하고 있었다."

가끔 들을 수 있는 나이 든 여자의 목소리가 말
했다. "선버드 호? 음, 당신들은 대단히 복잡한 활
동을 했군요. 당신네 정부 말이에요. 사람이 워낙
적다 보니 우리에겐 그런 공식적인 기구가 없어요.
다른 활동 분야에 있는 사람들끼리 주기적으로 만
나고, 통신시설이 좋아서 모든 사람이 계속 정보를
받아요. 각 활동 분야에 있는 사람들은 그 자리에
있는 동안 맡은 일의 책임을 지죠. 활동 분야는 교
대로 돌아가요. 대부분은 길어야 5년인데, 예를 들
어서 여기 마고는 체펠린 비행선 일을 했고 난 몇
군데 공장과 농장 일에, 물론 교육 일도 했죠. 모두
가 다 하는 일이에요. 그건 당신들과의 큰 차이점
이지 싶네요. 그리고 당연히 우리 모두 일을 해요.
이제는 모든 일이 기본적으로 훨씬, 뭐랄까, 안정
적이라고 봐야 할 것 같네요. 우린 느리게 변해요.
이게 답이 됐나요? 물론 언제든 등록소에 물어볼
수는 있어요. 등록소에서는 우리 모두의 소재를 추

적하거든요. 하지만 뭐랄까, 당신들을 우리 지도자에게 데려갈 수는 없어요. 그런 의미로 꺼낸 말이라면요." 마이다는 이 대목에서 웃었다. 명랑하기 그지없는 웃음소리였다. "이건 우리끼리 하는 오래된 농담이에요. 말해둬야겠는데…." 마이다는 진지하게 말을 이었다. "당신들 말을 잘 이해할 수 있어서 얼마나 기쁜지 몰라요. 우린 언어 변화를 막기 위해 많이 노력했답니다. 과거와의 연결점을 잃는 건 비극이니까요."

데이비스 선장이 마이크를 잡았다. "고맙다, 달기지. 당신들은 우리에게 생각할 거리를 줬다. 선버드 호 아웃."

버나드가 곱슬머리를 문지르며 물었다. "저게 어느 정도나 진짜일까, 박사? 저것들이 우리에게 박사가 읽는 SF에나 나올 이야기를 던지는데."

데이비스 선장이 대꾸했다. "사실은 나중에 밝혀지겠지. 우선은 지구까지 가는 수밖에 없어."

"그게 그렇게 수월해 보이진 않네요."

회의가 끝날 무렵에는 더 나빠 보였다. 금성 궤

도 중에 좋아 보이는 궤적이 없었다. 로리머는 모든 계산을 다시 수행했다. 동일한 결과가 나왔다.

로리머는 결국 말했다. "이건 답이 없어 보입니다, 선장님. 변수가 너무 빡빡해요. 이젠 가망이 없어 보여요."

데이비스 선장은 생각에 잠겨서 손가락 관절을 누르다가 고개를 끄덕였다. "좋아. 지구를 향해서 최적 추진을 시행하지."

"우리가 지나가는 걸 보거든 손이나 흔들라고 해요." 버나드가 말했다.

그들은 앞으로 18개월 동안 우주에서 겪을 느린 죽음에 대해 곱씹으며 침묵했다. 로리머는 다른 질문, 그 어려운 질문을 던질 수 있을까 생각했다. 그리고 데이비스 선장이 어떻게 답할지 확신했다. 그 자신이 결정한다면, 그럴 만한 배짱이 있을까?

"여보세요, 선버드 호?" 글로리아 호의 목소리가 끼어들었다. "우리가 계산을 해봤어요. 당신들이 연료를 전부 소모하면, 우리가 빙 돌아서 당신들을 태울 수 있을 만큼 우리 궤도에 가까운 위치까지 돌아올 수 있을 것 같아요. 그런 식으로 하면 태양 중력을 이용하게 돼요. 우리에게 기동력은 넉넉하지만, 가속력은 당신들보다 훨씬 적어요. 그쪽에 우주복과 추진체 같은 게 있죠, 그렇죠? 그러니까, 몇 킬로미터 정도는 날아올 수 있겠죠?"

세 남자는 서로를 바라보았다. 로리머는 그 방법을 생각해본 사람이 자기 혼자가 아니었다고 추측했다.

"좋은 생각이오, 글로리아 호. 달에서 뭐라고 하는지 들어봅시다." 데이비스 선장이 말했다.

"왜요? 이건 우리 일이고, 우린 우주선을 위험에 빠뜨리지 않을 거예요. 금성을 볼 기회를 한 번 놓친다는 것뿐인데 그걸 누가 신경 쓴대요. 물과 식량은 많이 있고, 공기에서 냄새가 좀 나게 된대도 그 정도는 참을 수 있어요."

"이야, 저 여자들 괜찮은데." 버나드가 말했다. 그들은 기다렸다.

달의 목소리가 도착했다. "우리도 그 가능성 올

생각하고 있었어, 주디. 너희가 위험을 제대로 이해하고 있는지 확실히 모르겠네. 아, 선버드 호, 미안해요. 주디, 너희가 선버드 승무원들을 태우는데 성공하면 너희 우주선에서 전혀 다른 문화에서 온 남성 세 명과 1년 가까운 시간을 같이 보내야해. 마이다는 너희보고 역사를 기억해야 한다고 했고, 코니가 뭐라고 하건 그건 위험이 따르는 일이야. 선버드 호, 무례해서 미안하다. 오버."

버나드는 활짝 웃고 있었다. 그들 모두가 그랬다. "헐거인들이라 이건가. 영계들이 다 임신해서 상륙한다 이거지." 버나드는 낄낄거리고 웃었다.

"마고, 그 사람들도 인간이야." 주디의 목소리가 항의했다. "코니뿐만 아니라 모두 동의하고 있어. 앤디와 레이디 블루는 대단히 흥미로운 시간이 될 거래. 잘 된다면 말이지만. 어쨌든 시도도 해보지 않고 보낼 순 없어."

"물론 우리도 그렇게 생각해." 달에서 답했다. "다만 다른 문제가 있어. 질병을 옮길 수가 있다고. 선버드 호, 당신들이 14개월간 고립되어 있었다는 건 알지만 머티 말이 그 시대 사람들은 지금은 존재하지 않는 미생물들에 면역이 있었다고 한다. 우리 미생물이 당신들에게 해를 끼칠 수도 있다. 모두 치명적인 질병을 앓고 우주선을 잃을 수도 있다."

"우리도 그 생각은 했어, 마고." 주디가 조바심을 내며 말했다. "이봐, 어차피 저 사람들과 접촉을 하려면 누군가가 시험을 해봐야 하잖아, 맞지? 그러니까 우리가 이상적이야. 우리가 집에 갈 때쯤엔 알게 될 거 아냐. 그리고 아무려면 우리가 글로리아 호를 안정 궤도에 올리지도 못할 만큼 순식간에다 앓아눕기야 하겠어? 안정 궤도에만 올리면 그쪽에서 나중에 감당할 수 있을 거고."

그들은 기다렸다. "어이, 그 불임 전염병은 어쩌죠?" 버나드는 자기 머리를 공들여 매만졌다. "동성애자 해방운동에 뛰어들고 싶진 않은데."

"그러느니 차라리 여기 있겠다는 건가?" 데이비스 선장이 물었다.

"막무가내 친구들이군." 달에서 다른 목소리가

말했다. "선버드 호, 난 여기 건강 담당인 머티예요. 우리가 제일 두려워해야 할 건 뇌막염-유행성감기 복합체인 것 같군요. 정말 쉽게 변이하거든요. 로리머 박사에게 뭔가 제안이 있을까요?"

"라저, 박사를 연결하겠소." 데이비스 선장이 말했다. "하지만 첫 번째 지적에 대해 먼저 말해두고 싶은데, 우리가 이륙할 당시 미합중국 우주 요원들 사이에 강간 사건은 전혀 없었다는 사실을 알려두고 싶군요, 부인. 당신들만 적절히 행동한다면 내 승무원들의 행실을 보장하겠소. 로리머 박사 연결하지요."

그러나 물론 로리머는 그들에게 쓸모있는 말을 해줄 수가 없었다. 그들은 다행히도 남자들이 바이러스를 죽이는 소아마비 예방주사를 맞았다는 사실과, 아직까지 발병하는 듯한 다양한 아동 질병들에 대해 의논했다. 그들이 말했던 전염병에 대해서는 언급하지 않았다.

"달, 우린 시도해볼래." 주디가 선언했다. "우리만 살 수는 없어. 선버드 호가 너무 멀어지기 전에 항로를 계산해보자고."

그때부터 가능한 교차 궤도 계산을 짜 맞추고 다시 계산하고 재산정하느라 선버드 호에 휴식이라곤 없었다. 그들은 글로리아 호가 지속적으로 기동할 수 있지만, 구동 장치는 실제로 저추력(低推力)이라는 사실을 알게 되었다. 외향속도를 상쇄할 수 있다면 선버드 호는 랑데부 지점까지 대부분 길을 혼자 힘으로 가야 할 것이었다.

긴장감이 깨어진 순간은 딱 한 번뿐이었다. 긴회의 도중에 달에서 글로리아 호를 호출하여 코니에게 남자들이 탑승하면 여성 승무원들이 상시 몸을 감추는 옷을 입어야 한다고 경고했을 때였다.

"우주복 내피는 안 돼, 코니. 너무 딱 달라붙어." 나이 많은 마이다의 발언이었다. 버나드는 낄낄거리고 말았다.

"가벼운 잠옷 정도가 괜찮겠지. 그리고 남자들이 우주복을 벗을 때는 앤디 혼자만 도와야 해. 나머지는 떨어져 있어. 모든 신체 기능과 수면에 대해서도 마찬가지야. 이건 아주 중요해, 고니. 집으로 오는 길 내내 잘 지켜봐야 해. 복잡한 금기가 정말 많아. 호출기에 지시사항 목록을 올릴게. 수신기는 작동해?"

"응, 프랑스의 블랙홀 논문을 받느라 썼잖아."

"좋아. 주디에게 대기하라고 해. 잘 들어, 코니. 앤디에게 그 내용을 다 읽어야 한다고 전해. 반복할게, 앤디는 내용을 샅샅이 읽어야 해. 들었어?"

"아, 이해했어, 마이다. 앤디는 그렇게 할 거야." 코니가 답했다.

"좋은 볼거리를 놓친 것 같아, 친구들." 버나드가 애석해했다. "마이다 엄마가 다 망쳤어."

데이비스 선장마저도 웃고 말았다. 하지만 나중에 스피커를 통해 본문 전체에 해당하는 변조 소음이 흘러들어오자 선장은 다시 얼굴을 찡그렸다. "끝내주는군."

마지막 지수들이 들어왔다. 수정한 프로그램이 돌았고, 달 기지에서 결과를 확정했다. 로리머가 보고했다. "배당 나왔어요, 선장님. 빡빡하긴 해도 실행 가능한 선택지가 두 개는 있네요. 주 제트엔

진이 완전 가동한다는 전제로요."

"선외활동으로 확인해보지."

진이 빠지는 일이었다. 그들은 좌측 엔진의 디플렉터에 생긴 뒤틀림을 찾아내고 그걸 되돌려놓기 위해 네 시간 동안 땀 흘려 일했다. 로리머가 열린 우주공간을 보기는 이제 겨우 세 번째였지만, 곧 그런 데 신경 쓰기엔 너무 지쳐버렸다.

데이비스 선장이 마침내 헉헉거리며 말했다. "할 수 있는 한은 다 했어. 나머지는 정신력으로 메꿔야 해."

"선장님은 할 수 있어요. 참, 그 우주복 무선 장치 바꿔야 해요. 내가 잊지 않게 해줘요." 버나드가 말했다.

★

정신력으로…. 로리머는 글로리아 호의 크고 어수선한 선실 안에 둘러싸여 있는 진짜 자신에게 돌아와서, 코니의 살아 있는 얼굴을 보았다. "몇 시간은 지났을 텐데, 내가 얼마나 오래 꿈을 꾸고 있었죠?"

"2분 정도요." 코니가 웃었다.

"당신을 처음 봤을 때를 생각하고 있었어요."

"아, 그래요. 우리도 그 순간은 절대 못 잊을 거예요."

★

로리머도 그랬다…. 그는 머릿속에서 그 순간이 다시 펼쳐지도록 놓아두었다. 첫 번째 장기 분사로 선버드 호가 균형을 잃으면서 모두가 멀미약을 삼켜야 했던 순간, 이후에 이어진 끝없이 지루했던 몇 시간. 그들의 접근을 읽는 주디의 숨 가쁜 목소리. "아, 아주 좋아요. 40만… 아, 훌륭해요, 선버드 호, 거의 30만까지 왔어요. 10만은 가뿐하게 깨겠어요." 데이비스 선장이 해낸 것이다. 큰 부분을 해냈다.

우주선이 흔들리는 동안에는 로리머의 탐사기가 쓸모가 없었다. 마지막 집중 분사를 할 만큼 안정되어, 탐사기 홈으로 이상 신호가 빛나다가 사라지는 걸 볼 수 있기 전에는 말이다. 잘만 되면 신호가 이론상의 근교차지점으로 수렴할 것이다.

"이제 다 쏟아낸다."

좌우로 흔들리던 우주선의 움직임은 마지막 집중 분사를 겪자 유리창 너머 별밭이 공중제비를 넘는 속 뒤집히는 곡예로 변했다. 멀미약은 더 이상 쓸모가 없었고, 비행 자세 수정용 엔진으로 가는 연료 공급선은 못쓰게 되었다. 그들은 모두 토한 다음에야 가까스로 마지막 연료를 수동으로 집어넣어 곡예 속도를 늦췄다.

"끝났다, 글로리아 호. 와서 우릴 데려가주시오. 불 켜, 버나드. 우주복을 입자고."

그들은 메스꺼움을 참으며 혼탁해진 선실 안에서 귀찮은 절차를 치렀다. 갑자기 주디의 목소리가 노래하듯이 울려 퍼졌다. "보여요, 선버드 호! 그쪽 불빛이 보여! 그쪽에서는 우릴 볼 수 없나요?"

"시간이 없…." 데이비스 선장이 입을 열었지만, 우주복을 반쯤 입은 버나드가 창을 가리키며 말했다. "친구들, 오, 이봐요, 저것 좀 봐."

로리머가 그쪽을 응시하고, 구역질이 솟구치기 전에 빙빙 도는 별들 사이에서 희미한 불꽃을 보았다고 생각했다.

"하나님 아버지, 감사드립니다." 데이비스 선장이 조용히 말했다. "좋아. 움직이게, 박사. 짐 챙겨."

회전하는 우주선에서 그들 자신에 더하여 추진 장치와 몇 가지 화물까지 끌어내리다 보니 다른 모든 것이 잊혔다. 하나로 연결되어 떠가면서 데이비스 선장의 수동 제트 추진으로 안정을 얻을 때까지 로리머에게는 어디를 쳐다볼 시간도 없었다.

태양이 그들의 왼쪽을 하얗게 지웠다. 몇 미터 뒤에서는 터무니없이 작아 보이는 빈 선버드 호가 빙글빙글 돌았다. 그들 앞으로 까마득히 먼 곳에 항성이라기에는 너무 흐릿한 노란 광점이 있었다. 그 점은 서서히 그들에게 다가왔다. 직선으로 접근 중인 글로리아 호였다.

그들의 헬멧 속으로 주디가 말했다. "출발할 수 있어요, 선버드? 우리 배기가스 문제 때문에 더는 제동을 걸고 싶지 않네요. 시속 50킬로미터로 어림잡고 직선으로 가고 있어요."

"라저. 자네 제트기 이리 주게, 박사."

"잘 가라, 선버드 호." 버나드가 말했다. "갈 길이 머네요, 선장님."

덩치 큰 남자 두 명에게 묶여서 심연을 가로질러 끌려가려니, 로리머는 어린아이가 된 것처럼 편안했다. 그는 데이비스 선장을 전적으로 신뢰했고, 그들이 줄을 놓치고 옆으로 비껴가서 미아가될 가능성은 생각지도 않았다. 선장은 이런 그에게 경멸을 느낄까? 궁금했다. 쌓여가는 침묵, 그건 오직 기호만을 다룰 수 있고, 물질에 대해서는 아무런 지배력이 없는 사람에 대한 경멸을 뜻하는 걸까? 로리머는 울렁거리는 위장을 통제하는 데집중했다.

길고 어두운 여행이었다. 선버드 호는 반짝이는 광점으로 쪼그라들어, 결국에는 3백 년이나 뒤처진 그들의 귀중한 기록들과 함께 태양에 처박힐항로로 서서히 속도를 올렸다. 로리머가 우주복안주머니에 두 번 집이넣었다가 두 번 써낸 사진과 편지 꾸러미도 함께. 이따금 그는 흐린 얼룩이었다가 빛나는 초승달들의 무한 집합으로 커져가는 글로리아 호의 모습을 잡아냈다.

"휘유, 크구만. 가속이 안 되는 것도 당연하네. 완전 날아다니는 놀이공원이네. 가속했다간 부서지겠어." 버나드가 말했다.

"놀이공원이 아니라 우주선일세. 그물은 단단히 조였나, 박사?"

갑자기 주디의 목소리가 헬멧 안을 채웠다. "당신들 불빛이 보여요! 내가 보이나요? 제동을 걸 만한 동력이 있어요?"

"양쪽 모두 긍정으로 대답하겠소, 글로리아 호." 데이비스 선장이 말했다.

그 순간 로리머는 다시 한번 천천히 앞쪽으로 몸을 돌리고, 보았다. 언제까지라도 볼 수 있을 듯했다. 별밭에 뜬 낯선 우주선과 그 우주선의 어두운 쪽에 있는 작은 불빛들을, 별들 속에서 그들을 기다리는 여인들을. 셋… 아니, 넷이었다. 조명 하나가 한참 떨어져서 움직이고 있었다. 밧줄에 매

여 있는 거라면 밧줄 길이가 1킬로미터는 넘을 것
이다.

"안녕, 난 주디 다카르예요!" 목소리가 가까웠
다. "오, 어머니시여, 당신들 진짜 크네요! 괜찮아
요? 공기는 어때요?"

"문제없소."

사실 우주복 내부 공기는 퀴퀴하고 김이 푹푹
났다. 아드레날린 과다 상태였다. 데이비스 선장이
제트 추진기를 다시 이용하자 주디가 확 커지면서
그들 앞으로 바로 다가왔다. 긴 줄에 매달린 은빛
거미 같았다. 주디의 우주복은 날씬하고 유연해 보
였으며, 거울처럼 반짝이는 데다가, 등에 붙은 장
치도 상당히 작았다. 미래의 놀라움 제1장이군.

"해냈어요, 해냈어! 여기, 묶어요. 제동!"

"뭔가 역사적인 말을 해야 할 텐데. 기회를 준다
면 말이지만." 버나드가 중얼거렸다.

데이비스 선장은 차분하게 말했다. "안녕하시
오, 주디. 와줘서 고맙군요."

"연결했어!" 주디는 그들의 귀가 버셔라 외쳤

다. "우릴 끌어줘, 앤디! 제동, 제동… 배기가스 다시 분출!"

그리고 그들은 강하게 붙들려서 방향을 틀고 우주선으로 향하는 거대한 호선을 그렸다. 데이비스 선장은 마지막 제트 추진을 써버렸다. 연결선이 고리를 만들었다.

주디가 외쳤다. "확 잡아당기지 마. 오, 미안해요." 주디는 긴팔원숭이처럼 그들에게 달라붙었고, 로리머는 주디의 눈과 신이 난 입매를 볼 수 있었다. 놀라웠다. "조심해, 느슨해졌어."

"날 가르치게, 자기?" 앤디의 바리톤 음성이었다. 로리머는 고개를 꼬아 저 멀리 묵직한 밧줄 끝에서 그들을 술술 끌어당기고 있는 앤디를 보았다. 버나드가 돕겠다고 했지만, 거절당했다. "그냥 느긋하게 있어요, 제발." 품위 있는 목소리가 그들에게 말했다. 앤디는 전에도 이런 일을 해본 게 분명했다. 그들은 우주 물고기처럼 천천히 회전하면서 끌려갔다. 로리머는 어느 광점이 선버드 호인지 더 이상 집어낼 수 없다는 사실을 깨달았다. 빙 돌아서 보니 글로리아 호는 거대한 중앙 원통을 무질서하게 둘러싼 구체와 바퀴살들의 군체로 변해 있었다. 글로리아 호 사방에 실린 포드와 잡다한 장비들을 볼 수 있었다. SF 영화 같지는 않았다.

앤디는 떠다니는 코일에 연결선을 감고 있었다. 그리고 다른 사람이 그 옆에 떠 있었다. 로리머는 가까워지면서 그들 둘 다 키가 꽤 작다는 사실을 알아차렸다.

"케이블 잡아요." 앤디가 말했다. 관성의 힘을 옮기느라 바쁜 순간이 지나갔다.

"글로리아 호에 온 걸 환영해요, 데이비스 소령, 게어 대위, 로리머 박사. 난 레이디 블루 파크스예요. 여러분은 가능한 한 빨리 안으로 들어가고 싶겠죠. 바로 기어오르고 싶다면 이건 전부 우리가 나중에 끌어넣을게요."

"고맙습니다, 부인."

세 사람은 밧줄을 두 손으로 번갈아 잡으며 올라갔다. 조잡하고 튼튼한 손잡이가 달렸다. 주디가 미끄러져 올라가서 그들을 들여다보고, 활짝

웃으며 코일을 당겼다. 우주선의 열린 에어록 옆에
는 주디보다 키가 큰 사람이 기다리고 있었다.

"안녕, 난 코니예요. 한 번에 둘씩 들어갈 수 있
겠네요. 같이 가겠어요, 데이비스 소령님?"

데이비스 선장이 코니를 따라 들어가는 동안
로리머는 비행기 긴급상황과 비슷하다는 생각을
했다. 터무니없이 예의 바른 몸집 작은 여자들에게
명령을 받는 부분이 말이다.

"우주 스튜어디스라니, 어때?" 버나드가 로리머
를 쿡 찌르며 말했다. 얼굴에 땀이 솟아나고 있었
다. 로리머의 우주복은 아직 여유가 있으니 버나드
에게 먼저 들어가라고 말했다.

버나드는 앤디와 함께 들어갔다. 주디가 화물용
그물을 고정하며 선체를 기어 다니는 동안 레이디
블루라는 여자가 로리머 옆에서 기다렸다. 주디는
신발에 자석 밑창을 붙인 것 같지 않았다. 어쩌면
지금 우주에서는 철금속을 이용하지 않는지도 몰
랐다. 주디가 큰 밧줄을 간단한 수동 윈치로 감아
들이기 시작하자 레이디 블루는 비판적인 눈으로

보았다.

"예전에 난 저걸 만드는 일을 했죠." 레이디 블루가 로리머에게 말했다. 로리머가 볼 수 있는 여자의 얼굴은 꾹 눌린 느낌이었고, 검은 눈은 즐겁게 반짝이고 있었다. 그는 레이디 블루에게 흑인의 피가 섞였다는 인상을 받았다.

"난 건너가서 후미 안테나를 닦아야겠네요." 주디가 흘러갔다.

"나중에 봐." 레이디 블루가 말했다. 둘 다 로리머를 보고 미소 지었다. 해치가 열리고, 로리머와 레이디 블루는 안으로 들어갔다. 토글 스위치가 고정되었고, 비명처럼 공기가 솟구치면서 로리머의 우주복이 무너졌다.

"도와줄까요?" 레이디 블루는 안면판을 열어놓아, 목소리가 선명하고 생생했다. 로리머는 서툰 장갑손으로 열심히 걸쇠를 잡은 채, 레이디 블루가 헬멧을 들어 올리게 했다. 처음 들이마신 숨은 놀라웠고, 폐로 들어간 것이 신선한 공기임을 알아차리는 데 잠시 시간이 걸렸다. 그런 다음 내부 해치가 열리고, 녹색 불빛이 들어왔다. 레이디 블루는 로리머에게 들어가라고 손짓했다. 그는 짧은 터널 안을 헤엄쳤다. 앞에 보이는 모퉁이 주위에서 목소리들이 들려왔다. 그의 손은 손잡이를 찾았고, 가슴 속에서 심장이 몸서리치는 것을 느끼며 몸을 멈췄다.

모퉁이만 돌면 그가 아는 세상은 죽는 것이다. 사라져버린다. 선버드 호와 함께 영원히 날아가버린다. 그는 돌이킬 수 없이 미래에 있게 된다. 과거에서 온 남자, 미래에 떨어진 시간 여행자가 된다.

로리머는 몸을 끌어당겨 모퉁이를 돌았다.

모퉁이 뒤의 미래는 넓고 환한 원통이었으며, 내부 표면은 모두 정체를 알 수 없는 물체들과 녹색 잎사귀들로 장식되어 있었다. 그리고 로리머 앞에는 기괴한 장면이 펼쳐져 있었다. 헬멧을 벗고 부피 큰 하얀 우주복과 배낭 덕분에 거대해 보이는 버나드와 데이비스 선장이 둥둥 떠 있었다. 몇 미터 떨어진 곳에는 반짝이는 우주복을 입은 두 사람과 늘어진 분홍색 파자마를 입은 검은 머리 여자가 떠 있었다.

다들 두 남자를 멍하니 바라보고만 있었다. 눈도 입도 똑같이 즐거운 놀라움의 표정을 짓고 있었다. 앤디임에 분명한 얼굴은 동물원에 간 어린아이처럼 입을 벌리고 웃고 있었다. 굵은 목소리에 비해 놀라울 정도로 어린 청년으로 금발에, 뺨에는 솜털이 돋았고, 탄탄한 근육질이었다. 로리머는 분홍색 파자마를 입은 여자를 제대로 볼 수가 없었고, 그 여자가 빼어나게 아름다운지 아니면 밋밋한지를 말할 수도 없었다. 우주복을 입은 키 큰 여자는 밝고 평범한 얼굴이었다.

머리 위에서 괴상한 소리가 터져 나왔는데, 로리머는 한참 만에 그게 닭 울음소리라는 걸 알아들었다. 레이디 블루가 로리머를 밀고 지나갔다.

"좋아, 앤디, 코니. 그만 쳐다보고 우주복들 벗게 도와줘. 주디, 달에서도 우리만큼이나 상황을 듣고 싶어 해."

장면이 펄쩍 뛰어 살아났다. 후에 로리머가 회상할 수 있는 건 대부분 눈동자들, 그의 부츠를 끌어당기며 호기심에 반짝이던 눈동자들, 그의 배낭 위에서 거꾸로 웃던 눈동자들뿐이었다. 그리고 언제나 들리던 그 가볍고 기꺼운 웃음소리들. 혼자 남아서 그들이 우주복을 벗도록 도와주던 앤디가 우주복의 온갖 장치들을 보면서 눈을 깜박이던 장면을 생각하면 아직도 당황스러웠다. 반개방형 우주복을 입은 앤디는 편하고 민첩해 보였다. 로리머는 마지막 끈을 힘들여 풀면서 생각했다. 애라니! 사내애 하나와 여자 넷이서 태양 주위를 돌고, 이 커다란 잡동사니 우주선을 화성까지 날리다니. 모욕당한 기분이어야 할까? 로리머는 누군가 (코니였나?) 가져다준 짧은 로브와 구체 모양의 찻잔을 받아들면서 고마움만 느꼈다.

우주복을 입은 주디가 그물을 가지고 들어왔다. 작은 로브를 꼭 쥔 버나드와 데이비스 선장은 앤디를 따라서 다른 통로로 들어갔다. 앤디는 해치 옆에 멈췄다.

"이 온실이 여러분 몫이에요. 화장실요. 셋은 좀 많지만, 햇빛은 넘쳐요."

안은 눈부신 정글이었고, 사방이 잎사귀였다. 눈부신 물방울, 살랑거리는 잎… 뭔가가 윙하고 날아갔다. 메뚜기였다.

앤디는 대형 십자도관 위에 놓인 의자를 가리켰다. "저 손잡이를 돌려요. 피스톤이 배설물을 비료 처리 과정에 밀어 넣고, 그 처리 과정은 흙 속에서 끝나요. 저 살갈퀴는 질소를 대량 소비하고 산소를 많이 배출하거든요. 우리가 이산화탄소를 주입하면 산소가 나오는 거죠. 진짜 울라공스럽죠."

그리고 앤디는 버나드가 그 시설을 시험해보는 모습을 비판적인 자세로 지켜봤다.

"울라공이 뭡니까?" 로리머가 멍하니 물었다.

"아, 우리 발명가 이름이에요. 발명품 중에 괴상한 게 좀 있어서요. 희한해 보이는데 제대로 돌아가는 물건이 있으면 울라공이라고 부르죠." 앤디가 씩 웃었다. "봐요, 닭은 씨앗과 메뚜기를 먹고, 메뚜기와 이구아나는 잎사귀를 먹죠. 온실이 어두운

쪽으로 돌아가면 우린 추수를 하고요. 이 정도 햇
빛이면 염소도 키울 수 있지 싶어요. 안 그래요?
당신네 배에는 생물이 하나도 없었죠?"

"그래요. 이구아나 한 마리도 없지요."

"기지에서 우리한테 크리스마스 선물로 셰틀
랜드 조랑말을 준다고는 했는데 말이야…." 버나
드가 자갈을 덜그럭거리며 말했다. 앤디는 당황했
다가 뒤늦게 폭소에 동참했다.

로리머의 머릿속은 몽롱했다. 피곤해서만이 아
니라, 선버드 호에서 보낸 1년이 새로운 일을 받
아들이는 능력을 위축시켜 놓았다. 그는 멍하니
울라공을 이용했고, 그들은 다시 나와서 글로리아
호의 널찍한 조종실로 향했다. 데이비스 선장은
달에 짧고 깔끔한 연설을 날리고 우아하게 답변을
받았다.

"이제 항로 변경을 끝마쳐야 해요." 레이디 블
루가 말했다. 로리머의 느낌이 옳았다. 레이디 블
루는 중년 후반의 나이에 흑인의 피가 약간 섞인
여자였다. 코니도 이국풍의 외모였고, 나머지는

유럽인 형이었다.

"먹을 걸 좀 갖다줄게요." 코니가 따스하게 미소 지었다. "그런 다음엔 아마 쉬고 싶겠죠. 방은 모두 여러분을 위해 남겨뒀어요." 코니의 발음도 마찬가지였다. 다들 억양이 똑같았다.

조종실을 떠나면서 로리머는 데이비스 선장의 움츠러든 눈빛을 보았다. 선장도 낯선 배에 탄 승객이 된 현실을 느끼고 있었다. 지휘권도 없었고, 항로를 결정할 수도 오가는 통신을 들을 수도 없었다.

로리머가 조리 있게 관찰할 수 있었던 순간은 거기까지였다. 그리고 이상하지만 훌륭한 음식의 맛까지는 느낄 수 있었다. 그런 다음에는 이제는 체육관인 걸 아는 시설을 통과하여 우주선 후미에 있는 갱도 모양의 수면실로 이끌려 갔다. 애완동물용 문 같은 조리개형 입구가 여섯 개 있었다. 로리머는 배당받은 입구를 밀고 들어가서 널찍한 매트리스를 마주했다. 벽 속에는 책장과 책상이 있었다.

"배설을 하고 싶으면 저기." 코니의 팔이 조리개 식 문을 뚫고 들어와서 봉투들을 가리켰다. "문제 생기면 머리를 내밀고 불러요. 물은 있어요."

대답을 하기엔 너무 녹초가 된 탓에 로리머는 그냥 매트리스를 향해 떠갔다. 몸이 묘하게 무겁게 가라앉는 데 마지막으로 놀랐다. 수면통이 매끄럽 고도 소리 없이 돌기 시작한 것이었다. 로리머는 감사한 마음으로 매트리스에 가라앉았고, 시간이 지날수록 "무거워"졌다. 10분의 1 중력, 어쩌면 그 보다 강할 테고 여전히 가속하고 있었다. 그리고 그는 길고 피곤했던 1년 중에 가장 편안한 잠에 빠 져들었다.

로리머는 다음 날이 되어서야 그들이 자는 동 안 코니와 다른 두 사람이 체육관 바퀴살을 돌리고 있었으며, 멈추지도 않고 특별히 애쓰지도 않으면 서 몇 시간이고 잡담하며 걸었다는 사실을 알게 되 었다.

다시 현실 시간으로 돌아오면서 로리머는 다시 한번 그들이 어떻게 대화하는지 생각했다. 기억을 뚫고 부글부글 끓는 듯한 자극이 쏟아졌다. 부엌 전화기를 잡은 아내 지니와 딸 제니, 페니의 목소리, 그전에는 그의 어머니 목소리, 누나 에이미의 목소리. 끝도 없었지. 그들이 언제나 얘기하고, 얘기하고, 또 얘기해야 하는 게 도대체 뭘까?

★

"뭐긴요, 전부 다죠." 지금 옆에 있는 코니의 진짜 목소리가 말했다. "이런저런 일을 공유하는 건 당연하잖아요."

"당연하다…." 개미들처럼 말인가. 개미들은 마주칠 때마다 더듬이를 함께 진동한다. 어디에 갔었어, 뭘 했어? 만지작만지작. 기분은 어때? 오, 이건 이렇고, 저건 저렇고, 어쩌고저쩌고 만지작만지작. 개미집 전체의 공동 작용. 여자들은 삼가지 않는다. 무엇이든 말하고, 전술적인 언어 감각도 없으며, 상황에 이름을 붙이는 위험을 쉽게 감수한다. 자제하지 못한다.

"개미에 벌집이라니." 코니는 소리 내 웃으며 나

쁜 치아를 드러냈다. "정말로 우릴 곤충으로 보는 군요, 안 그래요? 개미나 벌은 암컷들이라서요?"

"내가 큰 소리로 말하고 있었나요? 미안해요." 로리머는 눈을 깜박여 백일몽을 몰아냈다.

"오, 제발 그러지 말아요. 당신 누나와 아이들과 당신의… 아내에 대해 들으니 정말 슬프네요. 분명히 멋진 사람들이었을 거예요. 우린 당신이 굉장히 용감하다고 생각해요."

하지만 지니와 다른 이들에 대해서 잠깐밖에 생각하지 않았는데…, 그가 수다를 떨고 있었던 건가? 도대체 약물이 그에게 무슨 짓을 하는 걸까?

"우리한테 무슨 짓을 하는 겁니까?" 로리머는 이제 진짜 경각심을 느끼며 물었다. 분노에 가까운 감정이었다.

"괜찮아요. 정말로요." 코니의 손이 따뜻하고, 어쩐지 수줍게 로리머의 손을 건드렸다. "우리 모두 뭔가를 조사해야 할 때는 그 약을 써요. 보통은 기분도 좋아요. 래보노라민 혼합물로 탈억제제인데, 알코올처럼 사람을 둔하게 만들지는 않죠. 이제 곧 집에 도착하잖아요. 우리에겐 이해해야 할 책임이 있는데, 당신들은 너무 폐쇄적이에요." 그러면서 코니는 그와 눈을 마주쳤다. "속이 메스껍지는 않죠? 해독제도 있어요."

"아니요…." 로리머의 경각심은 이미 어딘가로 흘러가버렸다. 코니의 설명은 충분히 합리적이었다. "우린 폐쇄적이지 않아요." 로리머가 말했다. 혹은 말하려고 했다. "우리도 대화를 해요…." 그는 분별력을, 성인다운 자제력을 전할 말을 찾아 헤맸다. 타당성이라든가? "우린 할 말이 있을 때 말합니다." 엉뚱하게도 그는 야한 농담으로 유명했던 포레스트라는 비행임무 조정 담당자를 생각했다. "그러지 않으면 다 무너질 거예요. 시스템에서 팅겨나버린단 말입니다." 하려던 말은 그게 아니었지만, 넘어가자.

갑자기 선실 반대편에서 데이비스 선장과 버나드의 목소리가 울려 퍼지며 로리머의 마음속에 똬리를 튼 나쁜 예감을 일깨웠다. 그는 생각했다. 그들은 우리를 모른다. 경계해야 한다. 이걸 멈춰야

한다. 그러나 너무나 평온한 기분이라서 새로 이해한 바에 대해, 마침내 보게 된 그들 모두의 패턴에 대해 생각하고 싶었다.

로리머는 겨우 말했다. "정신이 맑아요. 생각을 하고 싶군요."

코니는 기쁜 얼굴이었다. "우린 그걸 아타락시아 효과라고 부르죠. 그 방향으로 가면 좋아요."

아타락시아, 철학적인 평정(平靜). 그렇다. 그러나 심연에는 괴물들이 있다고 그는 생각했다, 혹은 말했다. 어두운 면. 오렌 로리머의 어두운 면이, 어둡고 복잡한 자아가 속박에 매여 도사리고 있었다. 그들은 너무나 취약하다. 그들은 우리가 덮칠 수 있다는 사실을 모른다. 밀려오는 장면들: 분홍색 파자마를 벗고, 체육관 바퀴살에 사지를 벌리고 누워 그에게 몸을 여는 주디의 모습. 남자들 셋이서 우주선을 점령하는 일련의 장면. 무력하게 묶여서 비명을 지르고, 강간당하는 여자들. 세 사람이 위성 기지를 빼앗고, 왕복선을 지구에 내리는 모습. 인질극. 그들이 무슨 짓이든 할 수 있게, 방어시설이 없는… 버나드가 정말로 그런 말을 했었던가? 하지만 로리머는 버나드가 그 사실을 모른다는 사실을 기억했다. 데이비스 선장은 그들이 무엇인가 숨기고 있음을 알지만, 그게 사회주의 아니면 종교적인 죄라고 생각했다. 그들이 알아내면….

로리머 자신은 어떻게 알게 됐더라? 그저 귀를 기울였을 뿐이었다. 이 몇 달 동안, 정말로 귀를 기울였다. 그는 다른 사람보다 대화에 많이 귀 기울였다. 데이비스 선장은 그걸 "적국민과 친하게 지내는 꼴"이라고 했다. 물론 처음에는 모두 귀를 기울였다. 듣고, 보고, 여성의 신체에 어쩔 수 없이 반응했다. 그토록 가까운 곳에 있는, 얇고 감질나는 옷 아래에 있는 부드러운 굴곡, 자석처럼 끌어당기는 입과 눈, 냄새, 전기가 흐르는 듯한 손길. 그들이 서로를 만지고, 앤디를 만지고, 소리 내 웃고, 같이 쓰는 침대 안으로 조용히 사라지는 광경을 지켜보았다. '어떻게 돌아가는 거지? 나도 가능할까? 내 욕구, 내 욕구는….'

그들의 힘, 그 강렬한 분노… 버나드는 데이비스 선장의 경고에도 아랑곳하지 않고 의미심장하게 중얼거리고 불평했다. 버나드는 선장이 모든 질문을 금지할 때까지 계속 앤디를 지분거렸다. 선장 자신은 눈에 띄게 긴장해서 성경책을 많이 읽었다. 로리머는 자기 몸이 굶주린 사냥개처럼 그들을 쫓으며, 수면실이 겉보기처럼 도청 없는 공간이기를 구세주에게 빌고 있다는 사실을 깨달았다.

다들 마이다의 지침은 엄격한 것이었음을 알게 되었다. 분위기는 무자비할 정도로 건조했고, 사람들은 뚫고 들어갈 수 없을 만큼 신중했다. 앤디는 모든 탐색을 정중하게 무시했다. 어떤 말이나 행동도 그들에게 무슨 일이 진행되고 있는지 알려주지 않았다. 로리머는 제니의 걸스카우트 캠프에서 보냈던 주말을 떠올릴 수밖에 없었다. 구출되고 머지않아서 남자들은 훈련을 받고, 슈퍼-선버드호에서 보이스카우트와 걸스카우트 부대의 기묘한 보살핌을 받으며 임무를 완수하기로 했다.

다른 모든 면에서 그들은 더할 나위 없이 환영받았다. 그들은 우주선과, 깨끗하게 씻은 자갈 저장 포드에 있는 그들만의 휴게실을 자유로이 출입할 수 있었다. 바라던 대로 조종실에도 갔다. 레이디 블루와 앤디는 그들에게 설명서 무더기를 안겨주고 글로리아 호의 회로와 장치를 낱낱이 보여주었다. 달에서 과학 교과 학습 내용과 그들의 모든 위성과 우주왕복선, 그리고 화성과 달의 돔 식민지들에 대한 정보를 전송해두었다.

데이비스 선장과 버나드는 공학기술의 황홀경에 뛰어들었다. 그들이 짐작한 대로 글로리아 호는 달의 광물을 이용하는 핵분열 장치로 동력을 얻었다. 글로리아 호의 이온 추진기는 그들의 시대에 나왔던 실험 모델보다 크게 발전하지 않았다. 아직까지 경이로운 미래는 주로 과거의 정교한 변형들로만 구성된 듯 보였다.

"원시적이야." 버나드가 로리머에게 말했다. "모든 것을 희생해서 단순하고 유지하기 쉽게 만들어놨어. 심지어 연료도 수동으로 공급할 수 있어. 백

업도 말이지! 심해도 너무 심해."

그러나 로리머는 기술적인 관심을 곧 잃었다. 그가 정말로 원하는 것은 한동안 혼자 있을 시간이었다. 그는 자기 분야에서 새로워 보이는 발전들을 조사하려고 종잡을 수 없는 노력을 기울여봤지만 집중할 수가 없었다. 그는 혼잣말을 했다. 제기랄, 난 3백 년 전에 물리학자를 그만뒀다고. 선버드 호의 감옥살이에서 벗어나니 얼마나 마음이 놓이는지 몰랐다. 그는 우주선 사육장을 혼자 떠돌아다니는 데 열중하고, 글로리아 호의 훌륭한 4백 밀리미터 망원경을 이용하고, 승무원들의 기묘한 삶에 주목했다.

레이디 블루가 체스를 좋아한다는 사실을 안 후, 로리머는 1주일에 두 번씩 함께 체스를 두었다. 레이디 블루의 됨됨이는 흥미를 끌었다. 레이디 블루에게는 신중하고 자연스러운 권위가 있었다. 그러나 버나드가 "선장"이라고 부르자 레이디 블루는 바로 그만두게 했다.

"여기에 당신들에게 익숙한 의미로 명령하는

사람은 없어요. 난 그저 연장자일 뿐이에요." 그래서 버나드는 "부인"이라는 호칭으로 돌아갔다.

레이디 블루는 단단한 수비 위주로 체스를 두었고, 남자보다 산만한 편이었지만 가끔 우아한 함정을 놓았다. 로리머는 새로운 체스 오프닝이 '다그마르'라 불리는 흥미로운 여왕 측 책략 하나밖에 없다는 사실을 알고 놀랐다. 3세기 동안 새로운 오프닝이 하나라니? 그는 데이비스 선장과 버나드가 비상 변환기를 정밀 검사하는 앤디와 주디 패리스를 돕고 돌아왔을 때 그 이야기를 했다.

선장이 말했다. "어느 분야에서든 해놓은 게 많지 않아. 앤디, 무례한 말인지 모르지만 새로운 물건은 대부분 전염병 시기 전에 나왔더군. 우주 프로그램도 침체기 같아. 타이탄 프로젝트만 해도 80년 동안 준비해왔고 말이야."

"우린 타이탄에 갈 거예요." 앤디가 씩 웃었다.

버나드가 말했다. "가죠, 선장님. 다음번 닭요리를 두고 주디랑 내가 그쪽 둘에게 도전이에요. 팀별 브리지 게임으로요. 휘유, 벌써 닭 밎이 입에 도는데! 진 쪽은 이구아나를 먹는 겁니다."

음식은 정말 훌륭했다. 로리머는 저도 모르게 부엌 주위를 어슬렁거리고, 요리하는 사람을 돕고, 사람들의 대화에 귀를 기울이면서 다양한 씨앗과 씹는 뿌리 종류들을 집어 먹었다. 이구아나 요리마저도 좋았다. 몸무게가 늘었는데, 사실 셋 다 그랬다. 데이비스 선장은 운동을 두 배로 하기로 결정했다.

"방까지 기어가게 할 작정이에요, 선장?" 버나드는 끙끙거렸지만, 로리머는 여자들이 수다를 떨고 테이프에 귀 기울이는 동안 페달을 밟거나 바퀴살을 따라 흔들리기를 즐겼다. 친숙한 음악들이었다. 그는 헨델, 브람스, 시벨리우스로부터 슈트라우스를 지나 발라드 음악과 복잡하고 가벼운 재즈 록에 이르는 기묘한 스펙트럼을 알아들었다. 가사가 들어간 곡은 없었다. 그러나 로리머를 위해 고른 게 분명한 정보형 텍스트는 많았다.

달에서 약속했던 짧은 역사물을 통해 로리머는 전염병에 대해 더 알아냈다. 프랑스-아랍 군사

연구소에서 빠져나온 공기전염 준 바이러스였던 듯한데, 오염 때문에 힘이 강해졌을 가능성이 있었다.

로리머는 선장과 버나드에게 설명했다. "생식 세포만 망가뜨렸던 모양이에요. 실제 사망자는 거의 없었지만, 전반적인 불임이 닥쳤죠. 생식체에 든 유전 암호에 치환이 일어났을 거예요. 그리고 주된 영향은 남자들에게 미쳤던 것으로 보입니다. 그 후에 남아의 출산이 줄어들었다는 언급이 있는데, 피해가 Y염색체에 일어났고 그건 선택적으로 남성 태아를 죽음에 이르게 했겠지요."

"아직도 위험한 건가, 박사? 집에 돌아갔을 때 우리는 어떻게 되지?" 선장이 물었다.

"알 수 없어요. 현재 출산율은 정상으로, 2퍼센트 남짓에서 오르고 있어요. 하지만 현재 인구에게는 내성이 있을 수도 있지요. 백신을 만들어내지는 못했으니까요."

"알아볼 방법은 하나뿐이구만." 버나드가 진지하게 말했다. "내가 자원하죠."

선장은 버나드를 흘긋 보기만 했다. 로리머는 아직까지도 데이비스 선장이 지휘한다는 사실이 놀라웠다. 아니, 굴종 같은 것은 아니었다. 그들은 한 팀이었다.

역사에는 인류가 불임 상황을 알았을 때 전 세계를 휩쓴 폭동과 전쟁에 대한 언급도 있었다. 폭격을 당하고 불탄 도시들, 대량학살과 공황상태, 여성들에 대한 대규모 강간과 납치, 생물학적으로 절박한 남자들이 만든 약탈군대, 피투성이 신흥 종교들…. 광기의 시대였다. 그러나 너무 오래전이고, 모든 것이 너무나 짧게 언급되고 지나갔다. 기려야 할 이름들의 목록들이 있었다. "우리는 덴버 의학 연구단지를 지켜낸 용감한 사람들에게 언제까지나 감사해야 한다…." 그다음에는 비행선을 위한 헬륨 공급선을 개발한 극적인 역사가 이어졌다.

로리머는 생각했다. 3세기가 지나니 모든 게 먼지로군. 하긴, 내 시대로부터 3세기 전에 있었던 끔찍한 30년 전쟁에 대해 내가 아는 게 뭐가 있지? 두 세대 동안 유럽을 황폐하게 만들었던 전쟁이라는 정도지. 아는 이름도 없어.

정치와 경제 구조에 대한 묘사는 심지어 더 짧았다. 그들은 마이다가 말했던 대로 거의 통치를 받지 않는 듯했다.

로리머는 선장에게 말했다. "합의에 의해 이루어지는 느슨한 사회신용체계예요. 영원한 개척 시대 비슷해요. 발전은 느리고, 당연히 육군이나 공군은 필요 없죠. 현금을 사용하거나 사사로운 토지 소유권을 인정하는지조차 확실치 않아요. 중국의 초기 사회주의에 대해 좋게 인용하는 부분이 한 군데 있더군요." 그는 선장이 입을 꽉 다물자 덧붙여 말했다. "하지만 사람들이 지역사회에 묶여 있지는 않아요. 여행도 하고요. 레이디 블루에게 경찰과 법 체계에 관해 물어봤더니 제게 기다리라고 하고 진짜 역사학자들과 대화를 하더군요. 비슷한 곳이라곤 그 '등록소'라는 곳뿐인 모양인데, 그건 정책 기관이 아니에요."

데이비스 선장은 침착하게 말했다. "곤란한 상

황에 맞닥뜨렸군, 로리머. 그 문제는 건드리지 말게. 그들은 이야기를 삼가고 있어."

"다들 남편 이야기는 절대 안 하는 거 알아챘어요?" 버나드가 소리 내 웃었다. "몇 사람에게 남편은 뭐 하냐고 물어봤는데 말이죠, 다들 그게 무슨 말인가 생각을 하더라고요. 자식은 다들 있으면서요. 앤디 녀석은 자기가 무슨 이익을 누리는지 모르는 척하지만, 저 아래는 진짜 자유분방한 게 확실해요."

"우주선에 타고 있는 동안 그들의 개인적인 가족생활을 엿보지 않았으면 좋겠네, 버나드. 뭐든 상관없어. 하지 마. 명령이야."

"가족이 없는지도 모르죠. 누구든 결혼 얘기하는 거 들어봤어요? 여자라면 결혼 생각을 안 할 수가 없는데 말이죠. 내 장담하는데, 변화가 있다니까요."

"사회적 관행은 상당한 범위까지 달라졌다고 봐야 합니다." 로리머가 말했다. "우선 여자들이 예전보다 집 밖에서 일을 많이 하는 건 확실해요. 하지만 가족의 유대감은 여전히 있습니다. 예를 들어 레이디 블루에게는 알루미늄 공장에서 일하는 여자 형제가 하나, 건강 분야에서 일하는 여자 형제가 하나 있어요. 앤디의 어머니는 화성에 있고 누나는 등록소에서 일해요. 코니는 빌록시 근처 출어 선단에 들어간 남자 형제가 하나 또는 그 이상 있고, 여동생은 지금 이스트를 만들고 있는데 다음 우주비행에서는 코니를 대신해서 나올 거예요."

"그건 빙산의 일각이야."

"나머지 빙산이라고 많이 사악할 것 같진 않아요, 선장."

그러나 점점 이들의 온화함이 로리머까지 괴롭히기 시작했다. 빠진 게 너무 많았다. 결혼, 연애, 자식들의 말썽, 질투로 인한 싸움, 지위, 재산, 돈 문제, 질병, 심지어 장례식까지, 아내와 아내의 친구들을 사로잡고 있던 일상의 사소한 일들이 여기 여자들의 대화에서는 싹 편집되어 버린 것 같았다. 편집됐다고? 데이비스 선장 말대로 뭔가 크고 중요한 부분을 일부러 그들에게 감추는 건끼?

"난 아직도 언어가 별로 바뀌지 않은 게 놀라워요." 로리머는 어느 날 체육관에서 땀 흘려 운동하다가 코니에게 말했다.

"오, 우린 그 부분에 대해 무척 조심하고 있어요." 코니는 옆에서 손을 쓰지 않고 원통을 오르고 있었다. "과거의 책들을 이해할 수 없게 된다면 끔찍한 손실이니까요. 모든 아이가 똑같은 원본 테이프로 교육을 받아요. 한동안씩 사용하는 유행어들도 있긴 하지만, 우리 통신계 사람들은 오래된 텍스트를 완전히 외워야 하고, 그게 우릴 한데 묶어주죠."

사이클을 돌리던 주디 패리스가 헐떡였다. "사랑하는 아이들아, 너희는 우리가 고통받은 억압에 대해 절대 알지 못하리라." 조롱조의 암송이었다.

"주디들은 말이 너무 많아." 코니가 말했다.

"우리가 말이 많은 건 사실이지." 주디 둘 다 웃었다.

로리머가 물었다. "그러니까 당신들은 여전히 우리의 소위 걸작들, 우리의 소설과 시들을 읽는단 말이죠? 어느 작가를 읽죠? H.G. 웰즈? 셰익스피어? 디킨스, 발자크, 키플링, 브라이언?" 그는 탐색해보았다. 브라이언은 아내 지니가 좋아하는 베스트셀러 작가였다. 로리머 본인이 마지막으로 셰익스피어나 다른 작가를 본 게 언제였더라?

"오, 역사소설이야 재미있죠. 으스스하기도 해요. 별로 현실적이지도 않고요. 물론 당신에게야 현실적이었겠지만." 주디가 관대하게 덧붙였다.

그리고 그들은 로리머가 어떻게 영원한 인간 본성의 진리라고 생각했던 것들이 현실에서 사라질 수 있는지 궁리하게 놓아둔 채, 알을 낳는 암탉들이 너무 가벼워지고 있지 않느냐는 논의로 돌아갔다. 사랑, 대립, 영웅주의, 비극, 그게 다 "비현실적"이라고? 흠, 우주비행사들이야 결코 대단한 독서가들이 아니었지만, 분명 여자들은 남자들보다 책을 더 많이 읽었는데… 무엇인가 변했다. 로리머는 그걸 느낄 수 있었다. 인간 본성에 영향을 미칠 정도로 기본적인 무엇인가. 어쩌면 신체 변화일지도 몰랐다. 돌연변이일까? 저 떠다니는 옷들 아래에 정말로 있는 건 무엇일까?

주디들이 단서를 주었다.

로리머는 주디 쌍둥이와 셋이서만 운동을 하면서, 둘이 다그마르라는 이름의 전설적인 인물에 대해 나누는 뒷말에 귀를 기울였다.

"체스 오프닝을 만들어낸 다그마르 말인가요?" 로리머가 물었다.

"그래요. 다그마르는 뭐든 하죠. 상태가 좋을 때는 굉장해요."

"나쁠 때도 있었어요?"

주디 한쪽이 웃었다. "다그마르 문제라고 부를 수도 있을 정도예요. 모든 걸 조직하려는 경향이 있거든요. 잘 될 때는 괜찮지만, 한 번씩 제멋대로 굴 때면 자기가 무슨 여왕이나 되는 줄 안다니까요. 그러면 사람들이 포충망을 꺼내야 하죠."

전부 다 현재형이었다. 하지만 레이디 블루는 다그마르 책략이 만들어진 지 1세기는 됐다고 했는데.

'수명이군.' 로리머는 생각했다. 맙소사, 그걸

숨기고 있는 거였다. 과거의 두 배나 세 배에 달하는 수명을 획득했다면, 그건 확실히 인간 심리를 바꿔놓고 모든 일에 대한 관점에 영향을 미칠 것이다. 어쩌면 성년기가 늦어졌을 수도 있었다. 내가 떠났을 때 우린 내분비 세포의 회춘에 대해 연구하고 있었지. 예컨대, 여기 여자들은 나이가 몇일까?

로리머가 질문을 생각하는 사이에 주디 다카르가 말했다. "난 그 사람이 열심히 일할 때 탁아소에 있었어. 하지만 좋은 여자야. 나중에 참 좋아하게 됐지."

로리머는 잠시 탁상이라고 말한 줄 알았다가 공동육아소라는 의미의 탁아소라고 했음을 깨닫고 물었다. "같은 다그마르인가요? 굉장히 나이가 많겠는데요."

"오, 아니에요, 자매죠."

"1백 년이나 차이 나는 자매요?"

"아니, 그러니까 딸이요. 그, 그 사람의 손녀딸요." 주디는 페달을 더 빨리 밟기 시작했다.

"주디들이란." 주디의 쌍둥이가 뒤에서 말했다.

또 '자매'였다. 그러고 보면 누구에게나 이상할 정도로 자매가 많은 것 같았다. 로리머는 주디 패리스가 쌍둥이에게 하는 말을 들었다. "탁아소에서 다그마르를 본 기억이 나는 것 같아. 모두에게 제복을 입히기 시작했지. 색깔이며 숫자며…."

"그럴 순 없지. 넌 그때 태어나지도 않았는데." 주디 다카르가 반박했다.

체육관 안에 정적이 내려앉았다.

로리머는 운동용 바퀴살을 돌려서 두 사람을 쳐다보았다. 붉게 달아오른 쾌활한 얼굴 두 개가 신중하게 그를 마주 보고, 똑같이 앞으로 구부린 자세로 눈앞에 흘러내린 검은 머리카락을 흔들어 넘겼다. 똑같이… 하지만 사이클을 타고 있는 주디 다카르 쪽이 조금 더 성숙하고, 얼굴에 세월의 풍상도 더 들지 않았나?

"당신들은 쌍둥이인 줄 알았는데요."

"아, 주디들은 말이 많다니까요." 그들은 이구동성으로 말하고 죄지은 표정으로 웃었다.

"당신들은 쌍둥이가 아니군요. 우리는 그걸 클

론이라고 불렀지요."

다시 정적.

"음, 그래요." 주디 다카르가 말했다. "우린 자매들이라고 부르죠. 오, 어머니시여! 당신한테 말하면 안 되는 거였는데. 마이다가 당신들이 무척 불편해할 거라고 했거든요. 당신들 시대에는 불법이었죠, 맞죠?"

"그래요, 우린 사람의 생명을 가지고 실험하는 게 비도덕적이고 비윤리적이라고 생각했지요. 하지만 나 개인적으로는 그렇게 불편하지 않아요."

"오, 그거 잘됐네요. 훌륭해요." 두 주디가 함께 말했다. "우린 당신을 다르게 생각해요." 주디 패리스가 불쑥 말했다. "당신은 좀 더 인… 좀 더 우리 같아요. 제발, 다른 사람에게도 꼭 말해야 하는 건 아니죠? 오, 제발 말하지 말아요."

주디 다카르가 이어서 말했다. "우리 둘이 여기에 같이 나온 건 실수였어요. 마이다가 경고했거든요. 잠시만 기다려줄 수 없나요?" 똑같은 검은 눈 두 쌍이 로리머에게 간청했다.

로리머는 천천히 말했다. "좋아요. 잠시 동안은 친구들에게 말하지 않을게요. 하지만 내가 당신들 비밀을 지키길 바란다면 몇 가지 질문에 대답해줘요. 예를 들면, 여러분 세상에서는 얼마나 많은 수가 이렇게 인공적인 방식으로 태어나죠?"

사실 로리머는 꽤 당황해 있었다. 데이비스 선장 말이 옳아, 젠장, 그들은 숨기고 있어. 이 멋진 신세계는 유사인간 노예들로 채워지고 우두머리 두뇌들이 굴리는 걸까? 가면이 벗겨진 좀비들, 위장이나 성기가 없는 일꾼들, 기계에 연결된 인간 대뇌 피질들? 끔찍한 실험들이 쏟아지듯 떠올랐다. 이번에도 로리머가 순진했던 것이다. 이 멀쩡해 보이는 여자들은 무시무시한 세상의 앞잡이일 수도 있었다.

"얼마나 많아요?"

"1만 1천 종류밖에 없어요." 주디 다카르가 말했다. 두 주디는 서로를 쳐다보며 노골적으로 무엇인가를 확인했다. 로리머는 생각했다. 그들은 속임수를 배우지 못했어. 그건 좋은 건가? 그러다가 주디 패리스의 목소리에 주의를 돌렸다. "우리가 이해할 수 없는 건요, 왜 당신들은 그게 잘못이라고 생각했느냐는 거예요."

로리머는 설명하려고, 인간의 정체성을 조종하고 비정상적인 삶을 만들어내는 행동의 두려움을 전달하려고 애썼다. 개성에 대한 위협, 독재자의 손에 들어가게 될 무서운 힘 따위에 대해 말이다.

"독재자?" 주디 한쪽이 멍하니 그 말을 되풀이했다.

로리머는 두 사람의 얼굴을 보고 이렇게밖에 말할 수 없었다. "사람들에게 동의를 얻지 않고 여러 가지 일을 하는 존재죠. 슬픈 일이라고 생각해요."

"하지만 우리도 당신들에 대해 슬프게 생각하는걸요." 젊은 쪽 주디가 불쑥 말했다. "당신들은 어떻게 자신이 누군지 알죠? 아니면 다른 사람들에 대해서는요? 모두가 혼자뿐이고, 공유할 자매도 없고! 그래서는 당신이 뭘 할 수 있는지, 뭘 해보면 재미있을지 모르잖아요. 가엾은 당신들, 외둥이/단일아들은 모두… 우왕좌왕 살다가 죽으먼 아무것도 남지 않는 거잖아요!"

젊은 주디의 목소리가 떨렸다. 로리머는 주디 둘 다 눈이 뿌옇게 된 것을 보고 놀랐다.

"우리 이… 이걸 움직이는 게 좋겠어." 다른 주디가 말했다.

세 사람은 규칙적인 운동으로 돌아갔고, 로리머는 조각조각 어떤 상황인지 알아냈다. 병에 담긴 자궁이 아니라고, 주디들은 분개해서 말했다. 다른 모든 이들과 마찬가지로 인간 어머니라고, 젊은 어머니들, 최고의 여자들이라고. 핵을 떼어낸 난자에 체세포 핵을 삽입하고 자궁 속에 다시 착상시킨다. 그들 모두는 십대 후반에 "자매" 아기들을 둘씩 낳고 한동안 기르다가 다음 단계로 옮겨간다. 탁아소에는 언제나 어머니들이 많다.

장수에 대한 로리머의 생각은 웃음만 샀다. 아직까지는 건강하게 살기 위한 규칙 몇 가지밖에 찾아내지 못했다. 그들은 로리머에게 다짐했다. "우린 건강하게 90살까지 살아요. 주디 이글이 108세까지 산 게 우리 기록이죠. 하지만 이글도 끝에는 꽤 바보 같았어요."

클론 가계들은 오래되었다. 전염병 시기까지 거슬러 올라간다. 아기들이 태어나지 않게 되자 종족을 구하기 위해 했던 초창기 노력 이후로 계속 이어졌다.

"정말 완벽해요. 각각에게 책이 한 권씩 있는데, 진짜 도서관이나 다름없어요. 모든 메시지가 기록되어 있죠. 주디 샤피로의 책, 그게 우리예요. 다카르와 패리스(paris)는 각자의 개인 이름이죠. 지금은 도시 이름을 쓰고 있거든요." 그들은 주디들 각각이 어떻게 모두가 공유하는 유전자형 안에 개별적인 회고록, 개별적인 모험과 문젯거리와 발견들을 덧붙이는지에 대해 앞서거니 뒤서거니 말하면서 깔깔거렸다.

"누가 실수를 하면 다른 이들에게 유용하죠. 물론 실수를 하지 않으려고 애쓰지만. 최소한 새로운 실수는 하지 않으려고 해요."

"오래된 내용 중에는 정말 비현실적인 이야기들도 있어요." 주디의 다른 자아가 끼어들었다. "그

때는 워낙 모든 게 달라서 그랬겠죠. 우린 제일 좋아하는 부분들을 발췌해둬요. 그리고 실용적인 내용도 있죠. 주디들은 피부암을 조심해야 한다거나 하는."

"어쨌든 우린 10년에 한 번씩 그 책 전체를 읽어야 해요." 다카르라고 불리는 주디가 말했다. "영감을 주는 일이에요. 나이가 들면 전에는 몰랐던 일들도 이해하게 되니까요."

로리머는 어리벙벙해져서 3백 년간 이어진 오렌 로리머들의 목소리를 듣는다면 어떨까 생각해보려 했다. 수학자나 배관공이나 예술가나 부랑자나 어쩌면 범죄자였을 로리머들… 계속되는 자아의 탐구와 완성. 그리고 살아 있는 수십 명의 생령(生靈)들. 나이 든 로리머들과 어린 로리머들. 그리고 다른 로리머들의 여자와 자식들… 그게 즐거울까, 화가 날까? 그는 알지 못했다.

"당신들 기록은 아직 안 했나요?"

"오, 우린 아직 젊어요. 사고가 날 경우에 대비해서 짧게 기록만 해두는 정도예요."

"그 기록에 우리 이야기도 들어갈까요?"

"당연하죠!" 주디들은 즐겁게 웃다가 심각해졌다. 주디 패리스가 물었다. "정말 말 안 할 거죠? 레이디 블루한테 우리가 무슨 짓을 했는지 알려야 해요. 어휴. 하지만 정말 친구들한테 얘기 안 할 거죠?"

★

로리머는 현재의 자신으로 돌아오면서, 결국 친구들에게 이야기하지 않았다는 생각을 했다. 코니는 옆에서 사과주를 마시고 있었다. 그러고 보니 그의 손에도 음료수가 있었다. 그래 그는 말하지 않았다.

"주디들은 말을 하고 말죠." 코니가 웃으면서 고개를 흔들었다. 로리머가 지금까지 모든 내용을 떠들어댄 게 분명했다.

"상관없어요. 어차피 곧 짐작해냈을 겁니다. 단서가 너무 많았어요…. 울라공들은 발명을 하고, 마이다들은 걱정하고, 잰들은 두뇌피고, 빌리 니들은 정말 열심히 일하죠. 랄라 싱 한 명이 만들었거나 발전시켰거나 운영하고 있는 수력 발전소에 대해 서로 다른 이야기를 여섯 가지는 들었어요. 당신들의 생활 방식 전부… 난 이런 일에 훌륭한 물리학자라면 그래야 하는 것보다 많은 관심을 두죠." 로리머는 비딱하게 말했다. "당신들 모두가 클론이죠, 아닌가요? 전부 다 말입니다. 코니들은 뭘 합니까?"

"정말로 아는군요." 코니는 뭔가 성가시지만 영리한 일을 한 자식을 보는 어머니 같은 눈으로 로리머를 응시했다. "휴! 오, 음, 코니들은 미친 듯이 농사를 짓고, 이것저것을 키워요. 우리 이름은 대부분 식물이에요. 내 개인 이름은 베로니카고요. 그리고 물론 탁아소도 운영해요, 우리의 약점이죠. 작은 것들에게 열광한달까요. 우린 뭐든 작거나 약한 것들에게 관심을 쏟는 경향이 있어요."

코니의 따뜻한 눈이 로리머에게 초점을 맞추자, 로리머는 저도 모르게 물러섰다.

"우린 약점을 제어하고 있어요." 코니는 마음에

서 우러나온 웃음소리를 냈다. "우리라고 다 그런 식은 아니에요. 기술자 코니들도 있었고, 야금학을 사랑하는 어린 자매도 둘 있어요. 시도해보면 유전자형이 무엇을 할 수 있는지는 매혹적이죠. 원본 콘스탄시아 모렐로스는 화학자였는데, 몸무게가 40킬로그램이었고 평생 한 번도 농장을 본 적이 없었어요." 코니는 자신의 근육질 팔을 내려다보았다. "그 사람은 광신도들의 손에 죽었고, 무기를 들고 싸웠죠. 이해하기는 정말 어렵지만… 티모시라는 자매는 다이너마이트를 만들어서 운하를 두 개나 파기도 했어요. 앤디 하나 안 쓰고…."

"앤디 하나라니."

"오, 이런."

"그 부분도 짐작했어요. 초기 안드로젠* 처치를 앤디라고 하는 거겠죠."

코니는 머뭇거리며 고개를 끄덕였다. "그래요. 근육의 힘이 필요한 일들이 있거든요. 몇 가지요.

---

* 남성 호르몬

어쨌든 케이들은 꽤 강해요. 휴우!" 코니는 갑자기 등을 쭉 펴고 쥐라도 난 사람처럼 몸을 꿈지락거렸다. "오, 당신이 알아서 기뻐요. 긴장이 참 심했거든요. 노래도 못했지 뭐예요."

"왜요?"

"마이다는 우리가 분명히 실수를 할 거라고 봤어요. 바꿔야 할 가사가 잔뜩이니까요. 우린 노래를 많이 하거든요." 코니는 한두 소절을 부드럽게 흥얼거렸다.

"어떤 노래를 부르는데요?"

"오, 온갖 종류죠. 모험가, 노동가… 아이들 돌보는 노래, 걷는 노래, 분위기용 노래, 걱정하는 노래, 농담 노래… 모든 상황에 다른 노래가 있어요."

"사랑 노래는요?" 로리머는 과감히 물었다. "여전히 사랑은 있겠지요?"

"물론이죠. 어떻게 사람들이 사랑을 하지 않을 수 있겠어요?" 그러나 코니는 의심스러운 눈으로 로리머를 보았다. "내가 들어본 당신네 시대의 사랑 이야기들은 음, 잘은 모르겠지만, 정말 이상해요. 불쾌하고 집요하고. 사랑 같지가 않아요…. 아, 맞아요. 우리에게도 유명한 사랑 노래들이 있어요. 슬픈 부분이 있는 노래도 있어요. '타밀과 알크메네 오'처럼요, 그 둘은 함께할 운명이었어요. 코니들에게도 조금은 운명적인 구석이 있어요." 코니는 수줍게 웃었다. "우린 잉그리드 앤더들과 함께 하는 걸 좋아하죠. 일방통행에 가깝지만요. 다음 근무 기간에는 잉그리드가 하나 있었으면 좋겠어요. 너무나 재미있거든요. 작은 다이아몬드 같아요."

이 사실이 암시하는 바가 폭발하고, 온갖 의문들이 번쩍거렸다. 그러나 로리머는 애매한 부분을 마저 확인하고 싶었다.

"유전형이 1만 1천 개에, 인구가 2백만 명이라면 지금 살아 있는 각각의 유전형은 평균 2백 명씩이군요." 로리머의 말에 코니가 고개를 끄덕였다. "차이가 있는 건가요? 어떤 유전형은 더 있다거나?"

"그래요, 어떤 유전형은 생존할 수 없기든요.

하지만 초창기 이후로는 하나도 잃지 않았어요. 그들은 가능한 한 모든 유전자를 보존하려 했어요. 우린 모든 다수 민족과 많은 소수 민족 출신을 보유하고 있어요. 나처럼요. 난 카리브 혼혈이에요. 물론 우리가 무엇을 잃어버렸는지는 영영 모르겠죠. 하지만 1만 1천 개면 많아요, 정말로요. 우리 모두가 모두를 알려고 해요. 평생 취미죠."

한기가 로리머의 아타락시아를 뚫고 들어왔다. 1만 1천 명으로 끝이다. 그게 지금 지구의 진짜 인구다. 그는 작고 영리한 잉그리드 2백 명에게 흥분하는, 식물 이름을 딴 올리브빛 피부의 키 큰 여인 2백 명을 생각했다. 수다스러운 주디 2백 명을, 차분한 레이디 블루 2백 명을, 마고 2백 명과 마이다 2백 명을 생각했다. 그는 부르르 몸을 떨었다. 인간종의 후계자들, 행복한 장례식 운구자들.

"그래서 진화는 끝났군요." 로리머가 어둡게 말했다.

"아니요, 왜요? 느려졌을 뿐이에요. 우린 당신들 때보다 모든 것을 훨씬 느리게 하죠. 모든 일을 완전히 경험하는 걸 좋아하거든요. 우리에겐 시간이 있으니까요." 코니는 미소 지으며 몸을 다시 쭉 폈다. "모든 시간이 다 있죠."

"하지만 새로운 유전형이 없잖아요. 끝이죠."

"오, 그렇지만 이젠 있어요. 지난 세기에 반수체 핵을 결합하는 방법을 알아냈거든요. 우린 뜯어낸 난세포가 꽃가루처럼 기능하게 만들 수 있어요." 코니가 자랑스럽게 말했다. "아니, 꽃가루가 아니라 정자 말이에요. 까다로운 작업이고, 그렇게 잘 나오지 않을 때도 있어요. 하지만 이제 우린 성장 가능한 X염색체 양쪽을 찾고 백 가지가 넘는 새로운 유전형을 출발시켰어요. 물론 자매가 없다는 게 그 아이들에겐 힘든 일이죠. 그 문제는 유전자 기증자들이 도우려고 해요."

로리머는 생각했다. 백 가지가 넘는다고? 흠. 어쩌면… 하지만 양쪽 X염색체가 다 성장 가능하다는 건 무슨 의미지? 전염병에 대한 이야기가 분명했다. 하지만 원래는 남성들에게 영향을 미친 줄 알았는데. 그의 마음은 기꺼이 새로운 피즐에 뛰어들었고, 어딘가에서 뚫고 들어오려는 소리를 무시했다.

　로리머는 큰 소리로 추측을 말했다. "피해를 본 건 X염색체에 있는 유전자 아니면 유전자들이었군요. Y염색체가 아니었어. 그리고 치사성은 열성 형질이었어요, 맞죠? 그래서 한동안 출산이 아예 없었던 거야. 그러다가 일부 남자들이 회복했거나, 남자들을 오랫동안 고립시켜서 손상 없는 X염색체를 지닌 배우자를 만들어냈겠지. 하지만 여자들은 평생 배출하는 난자를 이미 만들어뒀으니, 생식능력을 재건할 수 없었어. 그들이 회복한 남성들과 짝을 지으니 여자 아기들만 태어났겠지. 여성은 X염색체를 두 개 갖고 있고 어머니의 손상 유전자는 아버지에게서 온 정상 X염색체로 보완할 수 있으니까. 하지만 남성은 XY고, 어머니의 손상된 X만 받지. 그러므로 치사성이 드러나고, 남성 태아는 죽었을 거야… 여자아이들과 죽어가는 남자들로 이루어진 행성. 짝이 맞지 않는 생존 가능자 몇은 사멸해버렸고."

"당신은 정말로 이해하는군요." 코니는 감탄한 듯 말했다.

어딘가에서 들려오는 소리가 급박해졌다. 로리머는 그 소리를 듣기를 거부했다. 여기엔 중요한 의미가 있었다.

"그러니까 우린 지구에서 완벽히 괜찮겠군요. 아무 문제도 없겠어요. 이론상으로는 다시 결혼해서 가족을 얻을 수도 있군요. 딸들만이라곤 해도요."

"그래요. 이론상으로는요."

소리가 갑자기 로리머의 방어막을 넘어들어와, 소리높여 노래하는 버나드 게어의 커다란 목소리가 되었다. 이젠 상당히 취한 목소리였다. 노랫소리는 주 정원 포드, 즉 위생 시설로 쓰지 않고 채소를 키우는 데만 쓰는 포드에서 들려오는 듯했다. 로리머의 두려움이 다시 살아났다. 아니, 더 커졌다. 데이비스 선장이 버나드를 지켜보고 있어야 하는데, 선장도 사라져버린 듯했다. 선장이 레이디 블루와 함께 조종실로 가는 모습을 본 기억이

났다.

"오, 태양은 예쁜 붉은 땅 위로 밝게 빛나고…"
버나드가 즐겁게 노래했다.

뭔가 해야 한다고, 로리머는 고통스럽게 결정을
내렸다. 그는 몸을 움직였다. 노력이 드는 일이었다.

코니가 말했다. "걱정하지 말아요. 앤디가 같이
있으니까요."

"당신은 몰라요. 당신들이 뭘 시작했는지 몰라."
로리머는 정원 출입구를 향해 몸을 밀어낸다.

"그녀가 누워 자는데, 카우보이가 기어들어 와…"
출입구 쪽에서 여러 사람의 웃음소리가 들렸다. 로
리머는 눈부신 녹색 빛을 뚫고 미끄러져 들어갔다.
꼬투리콩 주위에 친 방사선형 울타리 너머로 과장
되게 몸을 쭈그린 채 주디 패리스를 뒤쫓아 움직이
는 버나드가 보였다. 앤디는 이구아나 우리 옆에서
웃어대고 있었다.

버나드는 주디의 발목을 잡고 화려한 몸짓으로
두 사람의 몸을 멈췄다. 덕분에 주디의 노란 파자마
가 빙그르르 돌았다. 주디는 풀려나려고 노력하지

않고 버나드를 거꾸로 보면서 킬킬거렸다.

"이건 마음에 안 드는군요." 로리머가 속삭였다.

"제발 끼어들지 말아요." 코니가 로리머의 팔을 잡고, 도구 선반을 붙잡았다. 로리머는 경각심이 썰물처럼 빠지는 느낌이었다. 다시 평온을 찾고 상황을 지켜볼 것이다. 다른 사람들은 그들의 존재를 눈치채지 못했다.

"오, 옛날에 인디언 처녀가 있었지." 버나드는 아까보다 자제하며 노래했다. "두려움이라곤 없는 처녀였네. 어느 카우보이 목동이 그녀에게 미끄러져 넘어져, 에헴, 에헴." 버나드는 웃어대면서 여봐라는 듯 기침을 했다. "어이, 앤디. 자네를 부르는 소리가 들리는데."

"응? 난 아무 소리도 안 들리는데요." 주디가 말했다.

"자네를 부르잖아. 밖에서."

"누가요?" 앤디가 귀를 기울이며 물었다.

"사람들이, 이런 맙소사." 버나드는 주디를 놓고 발을 차서 앤디에게 흘러갔다. "이봐, 자넨 훌륭한 친구야. 나랑 주디 둘이서만 의논할 게 있다는 거 모르겠어?" 그러고는 부드럽게 앤디의 몸을 돌려 콩줄기들을 향해 밀어냈다. "새해 전야잖아, 멍청아."

앤디는 수동적으로 덩굴 울타리를 뚫고 흘러나오면서 로리머와 코니를 보고 한 손을 들었다. 버나드는 주디에게 돌아갔다. "새해 복 많이 받아, 새끼 고양이양." 버나드가 미소 지었다.

"새해 복 많이 받아요. 당신들은 새해에 뭔가 특별한 일을 했나요?" 주디가 호기심에 차서 물었다.

"우리가 새해에 뭘 했냐고?" 버나드는 주디의 어깨를 양손으로 잡으며 키득거렸다. "새해 전야에는 했지. 내가 우리의 원시적인 지구 관습을 좀 보여주면 어떨까, 음?"

주디는 눈을 동그랗게 뜨고 고개를 끄덕였다.

"음, 우선 우린 서로의 안녕을 빌지. 이렇게." 버나드는 주디를 끌어당겨 뺨에 가볍게 입을 맞췄다. "제…엔장, 이런 멍청한 년." 완전히 다른 말투였다. "너무 오래 나가 있다 보면 괴짜들도 훌륭해 보이려고 한다니까. 젖퉁이가 어우." 버나드의 손이 주디의 블라우스를 더듬었다. 로리머는 버나드가 자각없이 말하고 있음을 깨달았다. 약물을 먹은 줄 모르고 자기 생각을 그대로 지껄이고 있었다. 나도 분명히 저랬겠지. 오, 신이시여… 로리머는 자신의 크리스털 렌즈 뒤에 있는 피난처, 영원한 보호막 속에 있는 관찰자 속으로 숨었다.

"그러고 나서 우린 살짝 애무를 하지." 상냥한 목소리가 돌아왔다. 버나드는 주디를 더 가까이 끌어안고 주디의 등을 어루만졌다. "풍만한 엉덩이야." 버나드는 주디에게 입을 맞췄다. 주디는 저항하지 않았다. 로리머는 버나드의 팔에 힘이 들어가고, 버나드의 손이 주디의 엉덩이로 가서 옷 속으로 기어드는 모습을 지켜보았다. 관찰자의 렌즈 속에 안전하게 숨어 있으니 그의 성욕도 꿈틀거렸다. 주디는 목적 없이 팔을 휘저었다.

버나드는 숨을 돌리려고 입술을 떼었고, 바지 지퍼에 한 손을 올렸다.

그는 쉰 목소리로 말했다. "그만 쳐다봐. 지랄 맞게 한마디만 더하면 그 큰 입이 뭘 위해 있는지 알게 될 거다. 오, 내 물건 봐라. 강철 같구만…. 이년아, 오늘 운 좋은 줄 알아라." 버나드는 이제 주디의 가슴을, 큰 가슴을 노출시켰다. 그리고 애무했다. "아무것도 없는 좆 같은 우주에서 2년이나 보냈어. 날 비난하든지 말든지. 기다릴 수가 없다고. 이것 좀 봐…. 젖꼭지, 젖꼭지, 젖꼭지…."

버나드는 다시 짧게 입을 맞추고 주디를 내려다보며 미소 지었다. "좋아?" 버나드는 부드러운 목소리로 묻고 나서 입으로는 주디의 젖꼭지를 물고, 손은 허벅지를 더듬었다. 주디가 몸을 홱 당기고 뭔가 알아듣기 힘든 말을 했다. 로리머의 혈관은 기쁨과 두려움으로 쿵쾅거린다.

"이, 이건 막아야겠어요." 로리머는 진심이 아닌 것처럼 말했다. 더 말하고 싶지 않았다. 고동치는 긴장감 속에서 코니가 마주 속삭이는 소리를 들었다. "걱정하지 말아요. 주디는 강건하니까요."라고 하는 것 같았다. 그들은 모르고 있다. 공포

감이 그를 찔렀다. 그러나 그는 어떻게 할 수 없었다.

버나드가 툴툴거렸다. "보지. 거기 보지가 있을 텐데, 얼어붙었나? 이 멍청한 년…." 흘러다니는 머리카락 사이로 주디의 얼굴이 언뜻 보이고, 로리머의 마음속 아득한 일부분은 주디가 즐거우면서도 불편해하는 얼굴이라는 점을 알아보았다. 로리머의 시선은 허공에서 주디의 몸을 노련하게 통제하고 노란 바지를 벗겨내는 버나드의 모습에 고정되어 있었다. 오, 신이시여. 공공연히 드러난 까만 털, 굵고 하얀 허벅지… 완벽하게 정상적인 여자였다. 돌연변이가 아니었다. 오오, 신이시여… 그러나 갑자기 표류하는 그림자가 다가왔다. 앤디가 손에 무엇인가를 들고 다시 그들 위로 떠갔다.

"괜찮아, 주디?" 앤디가 물었다.

버나드는 얼굴이 시뻘게져서 노려보았다. "꺼져, 인마!"

"오, 방해는 안 할게요."

"예수님 맙소사." 버나드는 달려들어 앤디의 팔

을 거머쥐었다. 다리는 아직도 주디와 얽힌 채였다. "이건 사나이 일이야, 꼬마야. 내가 하나하나 설명해야 해?" 버나드는 잡은 손을 움직였다. "훠이!"

버나드는 흐르는 듯한 동작으로 앤디를 가까이 잡아당겨 손등으로 얼굴을 세게 쳤다. 앤디의 몸이 덩굴들 속으로 날아갔다.

버나드는 짖는 듯한 웃음을 터뜨리고 다시 주디에게 몸을 굽혔다. 로리머는 발기하여 바지 앞으로 튀어나온 버나드의 성기를 볼 수 있었다. 뭔가 경고를 하고 싶은데, 그들에게 위험을 알려주고 싶은데 파도처럼 밀려와서 크리스털 껍질을 녹여버리는 뜨거운 쾌감에 올라탈 수밖에 없었다. 계속해, 더 하라고! 그는 버나드가 다시 주디의 가슴에 입을 대고, 갑자기 주디의 온몸을 뒤집더니 주디의 양 손목을 한 손아귀에 잡아 꺾고 다리로 그 몸을 짓누르는 광경을 탐욕스럽게 바라보았다. 주디의 맨 엉덩이가 거대한 달덩이처럼 솟아올랐다. 버나드가 신음했다. "궁둥짝… 치켜들어, 이년아, 아아… 아….” 버나드는 주디의 엉덩이를 끌어당겼다.

주디는 비명을 지르고, 헛되이 몸부림쳤다. 로리머의 껍질이 끓어올라 터졌다. 혼란 속에서 바깥에 있는 허깨비들이 쏟아져 들어오려 했다. 그리고 무엇인가가, 진짜 유령이 움직이고 있었다. 낭패감 속에서 로리머는 앤디가 다시 결합한 두 몸을 향해 떠가는 광경을 보았다. 윙윙 소리를 내는 물건을 들고서… 오, 안 돼. 카메라였다. 바보들.

“도망쳐요!” 로리머는 앤디에게 외치려 했다.

그러나 버나드가 고개를 돌렸다. 본 것이었다. “이 새끼가.” 버나드는 아직도 주디 주위에 다리를 붙인 채 긴 팔만 휘둘러서 앤디의 셔츠를 잡아챘다.

“안 그래도 네놈에게는 진저리가 났어.” 버나드의 첫 번째 타격이 앤디의 입가에 들어가면서 카메라가 빙글빙글 돌며 날아갔다. 하지만 이번에는 버나드가 앤디를 놓아주지 않고 계속 때려냈다.

세 사람 모두 허공에서 하나로 얽혀 굴렀다.

"그만해!" 로리머는 콩줄기 사이를 뚫고 날아가면서 외치는 자기 목소리를 들었다. "버나드, 그만해! 여자를 때리고 있잖아!"

성난 얼굴이 로리머를 돌아보고 실눈을 떴다.

"맛이 갔구만, 박사. 이 쪼그만 멍청아, 꺼져."

"앤디는 여성이야, 버나드. 자넨 지금 여자를 때리고 있다고. 앤디는 남자가 아니야."

"엉?" 버나드는 앤디의 피투성이 얼굴을 보고 셔츠 앞섶을 잡아 흔들었다. "젖가슴은 어디 있는데?"

"젖가슴은 없지만 여성이야. 진짜 이름은 케이고. 모두 다 여성이야. 놓아줘, 버나드."

버나드는 다리로는 여전히 주디를 속박하고, 성기로는 허공을 찌르면서 양성구유자를/양성인을 멍하니 바라보았다. 앤디는 양손을 들어 올려 싸우자는 듯한 자세를 취했다.

버나드가 천천히 말했다. "동성애자였어? 빌어먹게 수컷 행세를 하는 쪼그만 계집애였단 말이지? 어디 보자."

그는 가볍게 공격하는 척하고는 앤디의 사타구니에 손을 찔러넣었다.

"불알이 없군!" 버나드가 고함을 쳤다. "불알이 아예 없어!" 그러고는 포복절도하며 앤디를 놓아주고, 다리 힘을 풀어 주디가 빠져나가게 만들면서 허공에 살짝 떠올랐다. "안 되지." 버나드는 웃음을 멈추고 앤디의 머리카락을 움켜쥔 채 다시 낄낄거렸다. "동성애자라! 어이, 레즈!" 그는 발기한 성기를 잡고 앤디에게 흔들어댔다. "슬퍼서 마음이 찢어지냐?" 그리고 버나드는 주디의 머리를 끌어당겼다. 주디는 내내 저항 없이 지켜보고 있었다.

"잘 보셔, 아가씨들. 이 사나이 버나드가 갖고 있는 게 뭔지 보이냐? 이게 너희가 원하는 거 아냐? 어이, 진짜 사나이를 본 지 얼마나 오래됐지?"

광기 어린 웃음소리에 로리머의 뱃속이 끓어올랐다. 두려워하기엔 지나치게 강렬한 익살극이었다. "그 여자는 이제까지 남자를 본 적이 없어. 모두 다 그래. 이 멍청아, 모르겠나? 다른 남자라곤 없어. 전부 다 3백 년 전에 죽었다고."

버나드는 천천히 웃음을 멈추고 몸을 틀어 로리머를 자세히 보았다.

"방금 뭐라고 했어, 박사?"

"남자는 다 죽었다고. 전염병 시기에 소멸해버렸어. 지구에 살아 있는 건 여자들뿐이야."

"그러니까 저기, 저 아래에 여자만 2백만 명 있고 남자는 없다고?" 버나드의 입이 딱 벌어졌다. "앤디처럼 사내 흉내 내는 동성애자만 있고 말이지… 잠깐만. 애는 어디에서 얻고?"

"인공적으로 키워. 전부 여자애야."

"신이시여…." 버나드의 손이 축 늘어진 제 성기를 움켜쥐더니 단단해질 때까지 멍하니 흔들었다. "저 밑에 뜨겁고 작은 보지 2백만 개가 사나이 버나드를 기다린다 이거군. 신이시여. 지구에 남은 마지막 남자라… 넌 셈에 안 들어가, 박사. 그리고 선장 놈은 머리에 쓰레기만 들었지."

버나드는 주디의 머리채를 잡은 채 펌프질을 하기 시작했다. 그 동작 탓에 두 사람 다 서서히 뒤로 떠내려갔다. 로리머는 앤디가, 아니 케이가 카메라를 다시 돌리고 있음을 깨달았다. 소년 같은 얼굴에 별 모양의 핏자국이 큼지막하게 남았다. 아마 입술도 찢어졌겠지. 로리머는 모든 기능을 다하고 탁한 공기 속에 뜬 공이 된 기분이었다. 눈앞이 맑지가 않았다.

버나드가 되풀이해서 말했다. "보지년만 2백만이라. 집엔 아무도 없고, 사방에 밑구멍만 있단 말이지. 내가 원하는 건 뭐든, 언제든 할 수 있어. 헛짓도 끝이고." 버나드는 더 빨리 펌프질했다. "몇 킬로미터씩 늘어서서 애걸을 하겠지. 서로를 할퀴어대고 말이야. 다 나, 버나드 임금님을 위해서… 아침으로 딸기와 보지를 먹겠어. 버터 바른 뜨거운 젖가슴도. 어디 보자, 그리고 온종일 내 자지에 묻은 생크림을 빨 계집년도 몇 있어야겠지. 대회를 열어야겠어! 이 몸에게 최고가 누구인지만 정하는 거야. 넌 아니야, 암소." 그는 주디의 머리를 흔들었다. "어린 십대들, 꽉 조이는 작은 구멍들. 내가 지켜보는 앞에서 늙은 년들이 고것들 몸을 데우게 해야지." 버나드는 자위하면서 살짝 얼굴을 찌푸렸다. 로리머는 극도로 분석적인 머릿속 한구석에서 약물이 사정을 저지하는 모양이라고 추측했다. 그는 버나드가 자기 망상에만 골몰하는 데 안심해야 한다고 생각하려 했지만, 그 대신 몽롱한 공포만 느꼈다.

"왕이라… 난 그들의 신이 될 거야." 버나드가 중얼거리고 있었다. "내 동상을 만들겠지. 1킬로미터짜리 내 거시기를 사방에 세우고… 폐하의 성스러운 불알. 다들 그걸 숭배하겠지… 버나드 게어, 지구 상의 마지막 자지! 오, 조지 녀석이 그걸 볼 수 있다면 얼마나 좋을까. 남자들이 제대로 똥을 싸게 생겼다는 얘길 들으면, 유후!"

버나드는 아까보다 더 심하게 얼굴을 찌푸렸다. "다 사라졌을 리가 없어." 버나드는 두리번거리다가 로리머를 찾았다. "어이, 박사, 어딘가에 남아 있는 남자가 있을 거야. 안 그래? 둘이나 셋쯤은?"

로리머는 노력을 들여 고개를 저었다. "아니. 다 죽었어. 전부 다."

"흰소리!" 버나드는 그들을 응시하면서 몸을 틀

142

었다. "남은 남자가 있을 거야. 말해." 그는 주디의 머리를 잡아들었다. "말해, 이년아."

"아니, 사실이에요." 주디가 말했다.

"남자는 없어요." 앤디/케이가 뒷받침했다.

"거짓말이야." 버나드는 찌푸린 얼굴로 자위 속도를 더 빨리하고 골반을 밀어붙였다. "남자가 있어야 해, 그렇고 말고… 산속에 숨어 있어. 그런 거야. 사냥을 하고, 야생으로… 늙은 야만인들이 있다니까."

"왜 남자가 있어야 하죠?" 주디가 앞뒤로 흔들리면서 물었다.

"왜긴 왜야, 이 멍청한 년." 버나드는 주디를 보지 않고 격하게 밀어붙였다. "그야, 멍청아, 그렇지 않으면 아무것도 가치가 없으니까 그렇지… 사나이들이, 훌륭한 카우보이들이 있어야… 이 몸은 훌륭한 카우보이야…."

"이제 정액을 뽑을까요?" 코니가 속삭였다.

"그럴 확률이 높죠." 로리머는 말했다. 혹은 말하려고 했다. 그들에게는 이 광경이 무서운 게 아니라 그저 의학적인 흥미를 끌 뿐이었다. 주디의 한 손이 무엇인가를 붙잡고 있었다. 작은 비닐 봉투였다. 다른 손은 버나드가 흔들어대고 있는 머리카락으로 올라갔다. 분명 고통스러울 것이다.

"어우우우, 아아아." 버나드가 괴롭게 헐떡였다. "됐어, 됐…." 그는 갑자기 주디의 머리통을 자기 사타구니에 밀어붙였고, 로리머는 주디의 어찌할 바 모르는 표정을 포착했다.

"입 달렸잖아, 이년아, 해! … 받아, 받으라고! 우, 우…." 버나드에게서 작은 굴 같은 액체가 힘없이 분출되었다. 봉투를 든 주디의 팔이 허공에 치솟는 정액을 따라갔다.

"버나드!"

고함에 놀란 로리머가 돌아보니 선장이, 노먼 데이비스 소령이 출입구에 우뚝 서 있었다. 그는 팔을 벌려 레이디 블루와 다른 주디를 막고 있었다.

"버나드! 내가 이 우주선에서는 어떤 불량한 행동도 없어야 한다고 했고, 그건 진심이었어. 그 여성에게서 떨어져!"

버나드의 다리는 애매하게만 움직였다. 선장의 말을 들은 것 같지 않았다. 주디는 허공을 헤엄쳐 다니며 마지막 정액 방울까지 봉투에 담았다.

"주디, 당신은 도대체 뭘 하는 거요?"

정적 속에서 로리머는 자기 목소리를 들었다. "정액 샘플을 얻고 있다고 생각해야겠죠."

"로리머? 안 그래도 이상한 정신이 아예 나갔나? 버나드를 자기 처소로 데려가."

버나드는 몸을 똑바로 하고 천천히 회전했다. "아, 목사님이 납셨군." 그는 단조롭게 말했다.

"자넨 취했어, 버나드. 자네 처소로 가."

"알려줄 소식이 있어요, 선장." 버나드는 똑같이 단조로운 목소리로 말했다. "우리가 지구에 남은 마지막 남자들이라는 거 모르죠. 아래엔 2백만의 계집밖에 없어요."

데이비스 선장은 격렬하게 대꾸했다. "자네가 술 취한 망신거리라는 건 똑똑히 알겠네. 로리머, 그 친구 끌고 나가."

그러나 로리머는 행동할 기력이 일어나지 않았다. 선장의 화난 목소리가 공포를 밀어내고, 그들 모두를 감싸 안는 이상하게 기대에 찬 정지상태를 만들어냈다.

"내가 더 참을 필요가 없지…." 버나드는 로리머를 향해 흘러가면서 머리를 가로저으며 소리 없이 아니야, 아니야라고 외쳤다. "이젠 아무것도 중요하지 않아. 다 사라졌어. 뭘 위해서, 친구들?" 버나드의 이마에 주름이 졌다. "데이비스. 데이비스 선장이야 사나이지. 데이비스 선장에게는 얼마 정도 갖게 해주겠어. 멍청이들… 불쌍한 박사, 자네야 아니꼬운 놈이긴 하지만 그래도 없는 것보다는 나으니 자네도 어느 정도 가질 수 있어. 우린 있을 곳을 갖게 될 거야. 넓은 땅을 말이야. 그렇지, 경주용 차를 굴릴 수도 있어. 저 아래엔 훌륭한 옛날 차가 백만 대는 있을 거 아냐. 사냥을 갈 수도 있어. 그리고 야만인들을 찾는 거야."

앤디, 혹은 케이가 피를 닦아내며 버나드 쪽으로 떠갔다.

"아, 아니 안 돼!" 버나드가 으르렁거리며 앤디에게 덤벼들었다. 버나드가 팔을 뻗는데 주디가 그의 삼두근을 때렸다.

버나드가 내지른 고함은 도플러 효과처럼 약해졌고, 버나드의 사지가 허공에 퍼덕였다. 그리고 버나드는 갑자기 평온해진 얼굴로 힘없이 떠 있었다. 그래도 숨은 쉬고 있다는 사실을 알아본 로리머는 멈췄던 숨을 내쉬었고, 두 여자가 조심스럽게 버나드의 커다란 몸을 펴는 것을 지켜보았다. 주디는 덩굴 사이에서 바지를 끌어내고, 두 여자는 울타리를 통과하여 버나드를 끌고 나가기 시작했다. 주디의 손에는 카메라와 정액 봉투가 있었다.

"이건 냉장고에 넣을게, 괜찮지?" 주디는 지나가면서 코니에게 말했다. 로리머는 외면할 수밖에 없었다.

코니가 고개를 끄덕인다. "케이, 얼굴은 좀 어때?"

"나 느꼈어!" 앤디/케이는 부어오른 입술로 신이 나서 말했다. "육체적인 분노를 느꼈어. 때리고 싶었다니까. 유후!"

"그놈은 내 방에 넣어두시오." 데이비스 선장은 지나가는 두 사람에게 명령했다. 그는 상추밭 위로 쏟아지는 햇빛 안에 들어가 있었다. 레이디 블루와 주디 다카르는 벽 옆에서 지켜보고 있었다. 로리머는 묻고 싶었던 질문을 기억해냈다.

"선장님, 정말 아시는 겁니까?"

데이비스 선장은 밤색 턱수염과 머리카락에 햇빛을 받으며 똑바로 떠서, 생각에 잠긴 눈으로 로리머를 바라보았다. 진정한 사나이의 모습이었다. 로리머는 자기 아버지를, 자기처럼 작고 창백한 아버지의 모습을 생각했다. 기분이 나아졌다.

"난 저들이 우리를 속이려 하고 있다는 걸 언제나 알고 있었네, 로리머. 이제 저 여자가 사실을 인정하니, 이 비극의 전체 모습을 이해하겠군."

주일에 어울리는 깊고 온후한 목소리. 여자들은 흥미로운 눈으로 데이비스 선장을 보고 있었다.

"저들은 길잃은 아이들이야. 저들을 만드신 그분에 대해 잊어버렸지. 몇 세대 동안이나 암흑 속에서 살아왔어."

"잘하고 있는 것 같던데요." 로리머는 자기 목소리가 바보같이 들린다고 생각했다.

"여자들에게는 아무것도 운영할 능력이 없네. 그걸 알아야지, 로리머. 저들이 여기에서 한 짓을 보게, 애처롭지 않나. 제자리걸음, 그게 다야. 가엾은 영혼들." 데이비스 선장은 장중한 한숨을 내쉬었다. "저들의 잘못은 아니지. 그 점은 인정해. 3백 년 동안 아무도 저들을 지도해주지 않았어. 머리가 떨어진 닭 꼴이지."

로리머는 스스로가 했던 생각을 인정했다. 체계 없이 재잘거리는, 하찮은, 세포 2백만 개짜리 원형질 덩어리들….

데이비스 선장이 힘 있는 말투로 말했다. "여자의 머리는 남자요… 고린도전서 11장 3절. 아무런 기강도 규율도 없어." 선장은 덩굴벽을 향해 흘러가면서 팔을 뻗어 십자가를 들어 올렸다. "조롱거리야. 혐오스러운 짓이고." 그러고는 늘어선 말뚝 앞에서 몸을 돌려, 녹색 나무 그늘을 액자처럼 둘렀다.

"우린 이곳으로 보내진 거야, 로리머. 이건 주님의 계획이야. 나를 이곳으로 보내셨어. 자네는 아니지. 자네는 저들만큼이나 나빠. 내 중간 이름은 폴*이라네." 그는 대화체로 덧붙여 말했다. 십자가에, 높이 들어 올린 데이비스 선장의 얼굴, 강렬하고 순수하며 사도와도 같은 그 얼굴에 햇빛이 비쳤다. 로리머는 지적으로 의구심을 품으면서도 동시에 잊었던 신경이 반응하는 것을 느꼈다.

"오, 하나님 아버지, 제게 힘을 주십시오." 데이비스 선장이 눈을 감고 조용히 기도했다. "주께서 우리를 무(無)로부터 건져내어 이 고통스러운 세상에 당신의 빛을 가져오게 하셨습니다. 제가 잘못된 길을 가고 있는 주님의 딸들이 어둠에서 나오도록 이끌겠나이다. 제가 주님의 이름으로 저들에게 엄하나 자비로운 아비가 되겠나이다. 제가 아이들에게 주님의 성스러운 법을 가르치고 주님의 정당한 분노를 두려워하도록 가르치게 도와주소서. 여

---

* 사도 '바울'의 영어 이름

자는 일체 순종함으로 조용히 배우라… 디모데서 2장 11절. 저들은 저들을 통치하고 주님의 이름을 영광되이 할 아들들을 갖게 될 것입니다."

로리머는 생각했다. 데이비스 선장은 할 수 있다고, 저런 남자라면 정말로 삶을 다시 시작할 수 있다고. 어떤 계획이 있을지도 몰랐다. 난 너무 빨리 포기하려 했다. 배짱도 없이…. 그런데 여자들이 속삭이고 있었다.

주디 다카르가 말했다. "이 테이프는 다 끝나가는데. 이만하면 충분하지 않아? 그냥 반복이잖아."

"기다려." 레이디 블루가 중얼거렸다.

"여자가 아들을 낳으니 이는 장차 철장으로 만국을 다스릴 남자라… 요한계시록 12장 5절." 데이비스 선장이 더 크게 말했다. 이제 그는 눈을 뜨고 십자가를 열렬히 바라보았다. "주께서 세상을 이처럼 사랑하사 사랑하는 유일한 독생자를 주셨으니."

레이디 블루가 고개를 끄덕였다. 주디는 선장 쪽으로 몸을 밀어냈다. 로리머는 상황을 이해했다.

목구멍까지 항의가 올라왔다. 데이비스 선장에게 그래서는 안 된다. 그리스도의 이름으로, 사람을 짐승처럼 취급해서는 안 된다.

"선장님! 조심해요. 그 여자가 가까이 가게 놔두지 말아요!" 로리머가 외쳤다.

"제가 봐도 될까요, 소령? 아름답네요. 그게 뭐죠?" 주디는 십자가를 향해 손을 뻗으며 데이비스 선장 가까이 미끄러져 갔다.

"주사기를 갖고 있어요, 봐요!"

그러나 선장은 이미 몸을 돌린 후였다. "신성을 모독하지 말라, 여자여!"

선장은 무기처럼 십자가로 주디를 찔렀다. 그 위협적인 몸짓에 허공에서 후퇴하던 주디는 손 안에서 반짝이는 바늘을 드러내고 말았다.

"뱀 같으니!" 데이비스 선장은 주디의 어깨를 걷어차고 자기 몸을 위로 띄웠다. "신성 모독자! 좋다." 그는 갑자기 평소 목소리로 돌아갔다. "지금부터는 여기에도 질서가 있게 될 것이다. 전원 다그 벽 옆으로 모여."

로리머는 데이비스 선장이 반대쪽 손에 진짜 무기를, 작은 회색 권총을 쥐고 있음을 보고 깜짝 놀랐다. 휴스턴에서부터 가지고 온 게 분명했다. 희망과 아타락시아는 움츠러들었고, 로리머는 충격과 함께 절망적인 현실을 마주했다.

　　"데이비스 소령." 레이디 블루가 말했다. 그리고 곧장 선장 앞으로 흘러갔다. 그들 모두가 총구 앞으로 가고 있었다. 오, 신이시여, 저 물건이 무엇인지 알기는 하는 걸까?

　　"멈춰요!" 로리머는 그들에게 외쳤다. "선장님 말대로 해요, 이런 세상에. 저건 탄도 무기예요. 사람을 죽일 수 있단 말입니다. 금속 총탄을 쏜다고요." 그는 덩굴선을 따라 데이비스 선장 쪽으로 움직여 갔다.

　　"물러서." 선장이 총을 까딱였다. "주 하나님 아래 미합중국의 이름으로 내가 이 배를 지휘한다."

　　"선장님, 총 치워요. 선장님도 사람들을 쏘고 싶진 않잖아요."

　　데이비스 선장은 총을 휘두르며 로리머를 보았

다. "경고하는데 로리머, 저들과 함께 벽 옆으로 가게. 버나드는 그래도 사나이지. 정신만 맑으면." 선장은 아직도 어리둥절한 얼굴로 그를 향해 흘러가고 있는 여자들을 보고 상황을 이해했다. "좋아, 첫 번째 교훈. 이걸 봐."

선장은 이구아나 우리를 향해 조준하고 총을 발사했다. 날카로운 소리가 울렸다. 이구아나 한 마리가 피투성이가 되어 터지고, 비명이 울렸다. 커다란 기계장치가 지저귀기 시작하며 모든 소리를 압도했다.

"누출이야!" 두 사람의 몸이 반대쪽 끝 향해 질주했고, 모두가 움직이고 있었다. 혼란 속에서 로리머는 데이비스 선장이 차분하게 총을 들고 그들 뒤편에 있는 출입구로 돌아가는 모습을 보았다. 로리머는 미친 듯이 도구 선반을 밀어서 그들 사이를 차단하려 했다. 스프레이통이 손아귀에서 느슨해지고, 그는 허공을 걷어차고 말았다. 경보음이 잦아들었다.

"너희는 내가 불러오기로 결정할 때까지 여기

에 머문다." 데이비스 선장이 선언했다. 그는 이미 해치에 도달해서 육중한 밀폐문을 당기고 있었다. 로리머는 포드가 봉쇄되리라는 사실을 깨달았다.

"그러지 마세요, 선장님! 내 말 들어요, 우리 모두를 죽이는 짓이에요." 로리머 내부의 경보가 그를 뒤흔들었다. 이제 그는 그 망할 배구놀이가 다 무엇을 위해서였는지 알고 있었고, 죽도록 겁이 났다. "데이비스 선장, 내 말 들어요!"

"닥쳐." 총구가 로리머를 향해 돌았다. 문이 움직이고 있었다. 로리머는 단단한 표면에 발을 디뎠다.

"숙여요! 폭탄이야!" 로리머는 온 힘을 다해서 육중한 스프레이통을 데이비스 선장의 머리에 집어 던지고 그 뒤를 따라 몸을 날렸다.

"조심해!" 그리고 로리머는 어찌할 수 없이 느린 동작으로 허공을 날면서 총이 다시 발사되는 소리, 고함치는 목소리들을 들었다. 분명히 데이비스 선장이 그를 맞추지는 못했다. 머리 위를 쏘기는 힘드니까. 그러다가 로리머는 머리를 움켜쥐고 아래쪽으로 몸을 접었다. 강한 타격이 배를 때렸다. 데이비스 선장의 다리가 그를 걷어차고 지나갔지만, 그는 선장의 턱수염 아래로 팔을 넣었다. 덩치 큰 남자는 황소처럼 날뛰면서 로리머를 사방으로 휘둘렀다.

"총 잡아요, 총 잡아!" 사람들이 로리머의 몸에 부딪치고, 얻어맞고 있었다. 그의 팔이 더 버티지 못하겠다 싶었을 때 손 하나가 옆으로 미끄러져 들어가서 데이비스 선장의 어깨에 닿았고, 그들은 한 덩어리로 얽혀서 문에 충돌했다. 선장의 몸이 갑자기 전쟁을 포기했다.

로리머는 몸을 빼내고, 천천히 고개를 젖히고 그를 보는 데이비스 선장의 일그러진 얼굴을 보았다.

"배신자 유다…."

그리고 선장의 눈이 감겼다. 끝났다.

로리머는 주위를 돌아보았다. 레이디 블루가 총을 쥐고 총신을 주의 깊게 보고 있었다.

"그거 내려놔요." 로리머는 가쁜 숨으로 헐떡이

며 말했다. 레이디 블루는 계속 총을 살펴보았다.

"어이, 고마워요!" 앤디, 아니 케이가 한쪽으로 기울어진 자세로, 턱을 문지르면서 로리머에게 웃어 보였다. 다들 로리머에게 미소 짓고, 따뜻하게 말을 걸면서 자기들의 몸과 찢어진 옷을 점검하고 있었다. 주디 다카르는 한쪽 눈에 멍이 들었고, 코니는 산산조각이 난 이구아나의 꼬리를 쥐고 있었다.

옆에서는 데이비스 선장이 코를 골며 부유했다. 앞을 보지 못하는 그의 얼굴은 태양을 향하고 있었다. 유다라…. 로리머는 내면의 마지막 방패가 부서지고, 쓸쓸함이 밀려드는 것을 느꼈다. '내 선장은 갑판 위에 차가운 주검이 되어 누웠네'.*

남자가 아닌 앤디가 멀리서 다가오더니 사무적으로 데이비스 선장의 재킷을 잠그고, 재킷을 잡아서 끌고 나가기 시작했다. 주디 다카르가 막더니 한참이 걸려서 십자가 사슬을 선장의 손에

---

* 월트 휘트먼의 시 '오 선장님, 나의 선장님' 중에서

감아주었다. 그들이 지나가자 누군가가 웃었다. 고약한 비웃음은 아니었다.

로리머는 일순간 에번스턴의 화장실로 돌아갔다. 그러나 그들은 사라졌다. 그를 보고 키득거리던 어린 여자애들은 다 사라졌다. 그를 조롱하려고 밖에서 기다리던 덩치 큰 남자애들과 함께 영원히 사라졌다. 그는 버나드가 옳다고 생각했다. 이젠 아무것도 중요하지 않았다. 비탄과 분노가 그를 후려쳤다. 그는 이제 자신이 무엇을 계속 두려워했는지 알았다. 그들의 취약함이 아니라, 그 자신의 취약함이었다.

로리머가 씁쓸하게 말했다. "좋은 남자들이었어요. 나쁜 사람이 아니었어. 당신들은 나쁘다는 게 뭔지 몰라요. 당신들이 한 짓이야, 당신들이 두 사람을 무너뜨렸어요. 미친 짓을 하게 만들었어. 그게 재미있던가요? 충분히 배웠어요?" 목소리가 떨렸다. "누구에게나 공격적인 환상은 있어요. 두 사람은 그런 환상대로 행동하지 않았어요. 당신들이 중독시키기 전까지는 단 한 번도 안그랬어요."

그들은 말없이 로리머를 응시했다. 마침내 코니가 말했다. "하지만 아무도 그러지 않는걸요. 그러니까, 속에 품은 환상들 말이에요."

"좋은 남자들이었어요." 로리머는 애가(哀歌)처럼 되풀이해서 말했다. 그는 지금 자신이 그들 모두를 대변하고 있음을 알았다. 데이비스 선장의 하나님 아버지에 대해, 버나드의 사나이다움에 대해, 로리머 자신에 대해, 크로마뇽인에 대해, 어쩌면 공룡에 대해서도. "난 남자예요. 세상에, 그래요, 화가 나는군요. 나에겐 그럴 권리가 있어요. 우리가 당신들에게 이 모든 것을 줬고, 이 모든 것을 만들었어요. 우리가 당신들의 귀중한 문명과 당신들의 지식과 편안함과 약과 꿈을 만들었어요. 전부 다. 우리가 당신들을 보호했고, 당신들과 당신네 아이들을 지키려고 기를 쓰고 일했어요. 힘든 일이었죠. 싸움이었어요. 내내 피비린내 나는 싸움이었어요. 우린 거칠었지만, 그래야만 했어요. 모르겠어요? 그리스도의 이름으로, 이해할 수가 없는 겁니까?"

다시 정적.

"노력하고는 있어요." 레이디 블루가 한숨을 쉬었다. "우린 노력하고 있어요, 로리머 박사. 물론 우린 당신들의 발명품을 향유하고, 당신들이 맡았던 진화적 역할에 고마워해요. 하지만 문제가 하나 있다는 걸 알아야 해요. 내가 이해하는 한, 당신들은 대부분 다른 남성들로부터 사람들을 보호했지요. 그렇지 않나요? 방금 우린 그 사실을 뒷받침하는 훌륭한 실험을 경험했어요. 당신들은 우리에게 역사를 되살려줬어요." 주름이 잡힌 갈색 눈이 로리머를 향해 미소 지었다. 쓸모없어진 유물을 손에 쥔 홍차 빛깔 피부의 자그마한 부인이.

"하지만 그 싸움은 오래전에 끝났어요. 당신들이 끝났을 때 끝났다고 봐야죠. 우린 당신들을 지구에 자유로이 풀어놓기 어렵고, 그런 감정 문제가 있는 사람들을 수용하는 시설도 없어요."

"게다가 당신들도 별로 좋아할 것 같지 않네요." 주디 다카르가 진지하게 덧붙인다.

"클론을 만들 수도 있어." 코니가 말했다. "어머

니가 되겠다고 자원할 사람들이 있을 거야. 어린
아이들이라면 괜찮을지도 몰라. 시도해볼 만해."

"그 얘긴 그만하자." 주디 패리스는 물탱크에서
물을 마시고 있었다. 주디는 입 안을 헹군 물을 흙
에 뱉어내면서 걱정스러운 눈으로 로리머를 보았
다. "지금은 누출 문제를 해결해야 해. 대화는 내
일 할 수 있어. 내일과 또 내일." 주디는 무심코 사
타구니를 긁으면서 로리머를 향해 미소 지었다.
"분명히 당신을 만나고 싶어 하는 사람은 많을 거
예요."

"우릴 섬에 집어넣어요." 로리머가 맥없이 말했
다. "섬 세 곳에 따로따로." 저 표정. 그는 그 연민
가득한 그 표정을 알았다. 병든 새끼고양이가 안
마당에 들어왔을 때 그의 어머니와 누나가 지었던
표정이 바로 그랬다. 그들은 고양이를 편하게 해
주고 잘 먹인 다음 상냥하게 수의사에게 데려가서
독가스로 죽였다.

예전에 알던 여자들에 대한 격렬하고 복잡한 갈
망이 로리머를 사로잡았다. 남자들을 그저 부석설

한 존재로 여기지 않았던 여자들. 지니… 신이시여. 그의 누이 에이미도. 불쌍한 에이미, 어렸을 때는 그에게 잘해줬는데. 로리머의 입매가 비틀렸다.

"문제는, 여러분이 우리에게 동등한 권리를 주는 위험을 감수한다면, 우리가 무슨 공헌을 할 수 있느냐겠죠?"

"정확해요." 레이디 블루가 말했다. 그들은 모두 안심한 얼굴로 로리머를 보고 웃을 뿐, 그의 기분은 전혀 나아지지 않았음을 이해하지 못했다.

"이제 해독제를 먹어야겠는데요." 로리머가 말했다.

코니가 그를 향해 날아왔다. 덩치 크고, 마음 따뜻한, 완전히 이질적인 여자. "당신이라면 이 형태를 좋아할 것 같았어요." 코니는 상냥하게 웃었다.

"고마워요." 로리머는 작은 분홍색 액체 용기를 받았다. "그냥 말해봐요." 그는 총알구멍을 살피고 있는 레이디 블루에게 말했다. "여러분은 스스로를 뭐라고 부르죠? 여자들 세상? 자유주의자들? 아마조니아?"

"우리야 스스로를 인간이라고 부르지요." 레이디 블루의 눈은 그를 향해 반짝이다가 총알 자국으로 돌아갔다. "사람들. 인간종." 그리고 어깨를 으쓱였다. "인류."

음료수는 차갑게 목구멍을 타고 내려갔다. 그는 평화와 자유의 맛이라고 생각했다. 혹은 죽음의 맛일지도.

〈끝〉

옮긴이 이수현

작가, 번역가. 인류학을 전공했고 《빼앗긴 자들》을 시작으로 많은 SF와 판타지, 그래픽노블 등을 옮겼다. 최근 번역작으로는 《유리와 철의 계절》, 《새들이 모조리 사라진다면》, 《아메리카에 어서 오세요], 《아득한 내일》, '얼음과 불의 노래' 시리즈, '샌드맨' 시리즈, '수확자' 시리즈, '사일로' 연대기, '문너머' 시리즈 등이 있으며 《어슐러 K. 르 귄의 말》과 《옥타비아 버틀러의 말》 같은 작가 인터뷰집 번역도 맡았다. 단독저서로는 러브크래프트 다시 쓰기 소설 《외계 신장》과 도시 판타지 《서울에 수호신이 있었을 때》 등을 썼으며 《원하고 바라옵건대》를 비롯한 여러 앤솔로지에 참여했다.

휴스턴, 휴스턴, 들리는가?

초판 1쇄 발행 2024년 1월 20일

지은이	제임스 팁트리 주니어
옮긴이	이수현
펴낸이	박은주
디자인	김선예, 이수정
마케팅	박동준
인쇄	탑프린팅

발행처	(주)아작
등록	2015년 9월 9일 (제2023-000057호)
주소	07236 서울특별시 영등포구 의사당대로 38 102동 1309호
전화	02.324.3945-6 **팩스** 02.324.3947
이메일	arzaklivres@gmail.com
홈페이지	www.arzak.co.kr
ISBN	979-11-6668-751-8 03840